D1545872

MATAR A LUTERO

MARIO ESCOBAR

GRUPO NELSON
Una división de Thomas Nelson Publishers
Desde 1798

NASHVILLE   DALLAS   MÉXICO DF.   RÍO DE JANEIRO

Editora general: *Graciela Lelli*

Diseño: *Blomerus.org*

ISBN: 978-1-60255-463-4

Impreso en Estados Unidos de América

11 12 13 14 15 QGF 9 8 7 6 5 4 3 2 1

Para Eli, gracias por soñar conmigo cada día.

Para Alejandro y Andrea, mis mejores obras.

Para José Luis y Nereida, que me cuidan como a un hijo.

«*Temo más lo que está dentro de mí que lo que viene de fuera*».

—MARTÍN LUTERO

«*Tengo tres perros peligrosos: la ingratitud, la soberbia y la envidia. Cuando muerden dejan una herida profunda*».

—MARTÍN LUTERO

«*Ya que Dios nos ha dado el papado, gocémoslo*».

—PAPA LEÓN X

«*Gran vergüenza y afrenta nuestra es que un sólo fraile (Martín Lutero), contra Dios, errado en su opinión contra toda la cristiandad, así del tiempo pasado de mil años ha, y más como del presente, nos quiera pervertir y hacer conocer, según su opinión, que toda la dicha cristiandad sería y habría estado todas horas en error. Por lo cual, yo estoy determinado de emplear mis reinos y señoríos, mis amigos, mi cuerpo, mi sangre, mi vida y mi alma*».

—EMPERADOR CARLOS V

Era media noche cuando el grupo de caballeros abandonó la ciudad. Los cascos de los caballos repiquetearon en el empedrado de sus calles hasta atravesar el Rin, la antigua frontera entre el civilizado mundo de Roma y los bárbaros. No habían tenido tiempo para recoger el equipaje, una grave amenaza se cernía sobre el protegido del príncipe Federico de Sajonia y no había tiempo que perder.

El grupo era reducido: tres escoltas y el propio Lutero, que cabalgaba torpemente sobre el caballo, poco acostumbrado a montar. El pobre monje se esforzaba por no retrasar el paso de su escolta.

Mientras los fugitivos recorrían los campos próximos a la ciudad, sus habitaciones eran registradas por soldados del emperador Carlos.

Uno de los capitanes, Felipe Diego de Mendoza, rebuscó por los jergones e incluso debajo de la cama.

—¿Por qué buscas ahí Felipe? —le preguntó el otro oficial.

—Uno nunca sabe dónde se refugian estos herejes —dijo con su voz socarrona.

—Ha volado el pájaro —comentó el compañero.

—Alguien le ha advertido, ahora tendremos que seguirlo por toda Alemania —se quejó Felipe.

—Ya sabes que su detención no es oficial, el monje aún tiene el indulto —contestó su compañero.

—Papel mojado, tenemos órdenes de encontrarlo y matarlo sin miramientos. Los españoles no nos andamos con remilgos. Cogeremos a ese mal nacido, le cortaremos la cabeza y se la llevaremos en bandeja al emperador —dijo Felipe.

Los cuatro soldados salieron de la habitación. Fuera de la casa les esperaban otros cinco hombres a caballo.

—Será mejor que nos demos prisa, aún podemos alcanzarles —dijo Felipe, mientras espoleaba a su caballo.

—Pero, si desconocemos su destino —dijo el compañero.

—¿Dónde se esconde la zorra? En su guarida. Hay que tomar el camino a Sajonia, vuelven a Wittenberg.

Por segunda vez en aquella noche fresca de mayo, un grupo de caballeros cruza el Rin. Todavía se puede olfatear el miedo del monje hereje en el aire, piensa el capitán Felipe, mientras galopa sobre su caballo en dirección a Sajonia.

PARTE 1

La huida

1

Worms, 2 de mayo de 1521

—Excelencia —dijo el criado, temeroso.

El príncipe podía ser terrible cuando se enfadaba. Federico se levantó de la cama con dificultad, la humedad del río le paralizaba el cuerpo, se aproximó a la puerta y con voz fuerte preguntó:

—¿Quién diablos osa molestar mi sueño?

—Hay noticias de Lutero.

El príncipe abrió presuroso la puerta e hincó la mirada en el criado.

—Decidme, ¿a qué esperáis?

—Lo siento excelencia, pero uno de sus soldados ha visto partir a un grupo de españoles tras los pasos de su protegido.

—¡Maldición! Worms es un nido de espías. Que salga ahora mismo Jakob con veinte hombres, debe advertirles y procurar que Lutero no regrese a Wittenberg, allí no está seguro. Será mejor que le escondamos un tiempo —dijo el príncipe, meditabundo.

—Pero, ¿a dónde tienen que llevarle?

—Que se dirijan al castillo de Wartburg, pero que nadie los vea entrar. Lutero tiene que cambiar sus ropas y guardarse de extraños hasta que le crezca la barba y se le puebla la rasura. ¿Entendido? —dijo Federico enfadado.

—Sí, excelencia.

—Pues apresúrate, el tiempo apremia —dijo el príncipe con un gesto al criado.

El hombre corrió escalera abajo y puso en pie a parte de la escolta del príncipe. Jakob era el mejor mercenario de Sajonia y sus hombres los más fieros de Alemania. Sin duda, el fraile estaba en buenas manos, pensó el criado después de dar las instrucciones del príncipe a sus soldados.

Un tercer grupo de hombres salió de la ciudad al galope; aunque habían partido los últimos, tenían que llegar los primeros a su destino.

2

Bensheim, 2 de mayo de 1521

Era mediodía cuando llegaron al pueblo. Atravesaron el puente empedrado y pararon a comer. Estaban hambrientos después de toda una noche cabalgando, pero afortunadamente parecía que nadie les había seguido.

Entraron en la posada, pidieron algo de cerveza, queso y pan. Cuando Lutero se sentó frente a la mesa, comió con avidez; en los últimos días apenas había tomado bocado, por miedo a que lo envenenaran. Eran tantos y tan poderosos los enemigos que buscaban terminar con él que no estaba a salvo en ninguna parte.

—¿Tiene hambre, doctor? —preguntó su amigo Schurf.

—No lo negaré, aunque vuestra amistad es más preciada que el pan —contestó Lutero alegre, sobreponiéndose de sus temores.

—Entramos en Worms en un carro tapizado de terciopelo y ayer partimos de noche como ladrones —se quejó Pedro Suaven, su abogado y consejero.

—Ya sabes que las Sagradas Escrituras dicen que hay que ser mansos como corderos, pero astutos como serpientes. ¿Qué nos esperaba en la ciudad? Tal vez la horca —dijo Justo Jonás, el teólogo.

En la mesa de al lado, cuatro escoltas comían aparte, con los ojos puestos en la entrada y la mano sobre la espada. Su jefe, Juan Márquez, bebía vino dulce, era la única manera de poder tragar los malos caldos de Alemania, pero no quitaba ojo a Lutero, debía protegerle de cualquier peligro, aunque él mismo le hubiera estrangulado sin dudarlo ante una orden de su señor Federico.

—La verdad es que, tal y como fue el viaje de ida, nunca hubiera pensado que volviéramos a casa de este modo. Alemania te recibía como a un héroe —dijo Pedro Suaven.

—Los mismos que aclamaron a Jesús a su entrada a Jerusalén, después pidieron su crucifixión —dijo Lutero tomando algo de queso.

—La gente salía a ver la escolta. Nos acompañaban cuarenta caballeros, debían de pensar que éramos reyes o cardenales —bromeó Schurf.

—Muchos me animaron —confesó Lutero—, ¿os acordáis de aquel hombre que me dio el retrato de Savonarola?

—Hasta el bueno de Bucero salió a tu encuentro —dijo Justo Jonás.

—Para advertirme que no fuera a Worms. Únicamente fui allí por obediencia a Dios, respeto al emperador y agradecimiento al príncipe Federico —dijo Lutero más serio.

—Has salido ileso, ¡brindemos por ello! —dijo Pedro Suaven.

Los cuatro hombres chocaron sus jarras y se entregaron a la comida en silencio, como si estuvieran en la receptoría de un convento.

Juan Márquez comió rápido y se acercó a la puerta. Desde su salida de la ciudad se encontraba inquieto. No creía que el emperador dejara escapar tan pronto a su presa, tampoco el legado del Papa se conformaría con volver a Roma con las manos vacías. Tenían que apresurarse y entrar en Sajonia antes de que les dieran alcance.

—Doctor Martín. Tenemos que partir —dijo Márquez acercándose al monje.

Lutero miró al hombre y con una sonrisa le dijo:

—Estimado guardián, disfrutamos de un merecido descanso. Somos hombres de letras y no estamos acostumbrados a la vida de los soldados.

—Imagino que no quiere terminar en la hoguera, doctor Martín. Mi misión es llevarle de regreso a Wittenberg y lo llevaré ¡pardiez!, cueste lo que cueste.

El grupo de amigos se alborotó. ¿Quién se creía ese mercenario español que se atrevía a tratar de esa manera al teólogo más grande de Alemania?

—Entiendo su preocupación, pero estamos en manos de Dios —contestó Lutero.

—En manos de Dios o del diablo, no me importa, pero debemos partir antes de que nos den alcance, porque cuando lleguen los hombres del emperador no importará a cuál de los dos invoque su señoría.

—¡Qué impertinencia! —dijo Justo Jonás.

Lutero se puso en pie e intentó calmar los ánimos.

—Partamos. No quiero poner en más apuros al príncipe Federico, yo también estoy deseando llegar a casa.

—Tendremos que evitar las ciudades. Sería mejor que se vistiera con otras ropas —dijo Márquez, señalando el hábito de Lutero.

—¡Es increíble! —exclamó Schurf.

—Todo el mundo le conoce —dijo Márquez—, pero si fuera de gentilhombre, al menos pasaría inadvertido.

—Todavía soy monje agustino, no puedo renunciar a mis hábitos —dijo Lutero muy serio.

—Sea, pero salgamos ya —dijo Márquez impaciente.

El grupo se dirigió a sus monturas y partió de la ciudad en dirección a Darmstadt. Apenas una hora más tarde, Felipe Diego de Mendoza entró en Bensheim con los caballos reventados por la marcha. Preguntó en varias posadas hasta que en la última, la más cercana al puente, tuvo una esclarecedora charla con el posadero.

—¿Llegaron hoy a la ciudad varios caballeros acompañados por un monje agustino? —preguntó Mendoza en tono amenazante al posadero.

—No sabría decirle —contestó temeroso el hombre.

—¿Y si te quemo la posada y violo a tu hermosa hija? ¿Sabrías decirme entonces?

El posadero le miró aterrorizado. Los españoles tenían fama de fieros, pero aquel parecía el mismo demonio con su barba negra y cana, unos grandes ojos negros y el pelo largo y rizado.

—Estuvieron aquí hace una hora.

—Mejor, posadero. ¿A dónde se dirigían?

El hombre dudó un segundo y el español le tomó por la pechera y le balanceó.

—Hablaron de Darmstadt y de Wittenberg —dijo el posadero con los ojos cerrados y temblando.

—Nos sacan poca ventaja. Ponnos rápidamente algo de pan y carne. Partimos en diez minutos —dijo Felipe Diego de Mendoza.

Los mercenarios se sentaron a la mesa y comieron con avidez, bebieron abundantemente y partieron como alma que lleva el diablo. Mientras cabalgaban a toda velocidad por los bosques de Hesse, una sola idea bullía en la mente de Mendoza: una bolsa de oro por la cabeza de Lutero y otra por todos sus amigos, era la paga prometida y estaba dispuesto a cualquier cosa por conseguirla.

Worms, 2 de mayo de 1521

Jorge Frundsberg se acercó temeroso al emperador Carlos V. A pesar de su corta edad, Su Majestad era conocido por su mal humor. El joven Carlos se había criado sin su madre, alejado de su abuela, en la corte de Flandes, y desconocía las delicadezas y el protocolo de otros hombres de estado. Carlos era caprichoso, impaciente e impetuoso. Había heredado en parte la belleza de su padre Felipe, pero era testarudo como su madre Juana. Los ojos claros, el mentón prominente y el pelo corto y rubio contrastaban con sus modales despóticos y antojadizos. Delgado, pero con un cuerpo musculoso, buen comedor y amante, el emperador siempre pensaba más en los placeres terrenales que en los del otro mundo.

—¿Por qué me molestas, viejo Frundsberg? —preguntó el emperador mientras desayunaba.

—El monje ha huido.

—¿Qué? ¡Maldición! ¿Acaso ese hombre no respeta nada? Le permito venir a la Dieta, le doy mi salvoconducto a pesar de estar excomulgado por el Papa y se escapa como un vulgar ladrón. ¿Es que nadie me obedece en Alemania?

—Le teníamos vigilado, pero Federico es muy astuto y logró sacarlo de la ciudad a media noche —dijo el anciano.

—Mi abuelo Maximiliano era muy comprensivo con los altivos alemanes, pero eso ha terminado. Aunque tenga que ser a latigazos, someteré la Germania, como lo hizo César —dijo el joven fuera de sí.

—Hemos enviado un grupo de mercenarios para apresarle, aunque discretamente, al fin y al cabo todavía lleva salvoconducto imperial —dijo el anciano.

—Tenme informado en todo momento. He prometido al Papa la cabeza del agustino y la tendrá.

—Sí, excelencia.

El emperador se quedó a solas con sus ayudas de cámara, después llamó a su perro preferido y le dio un muslo de pavo.

—Si no fuera por mis perros estaría solo, rodeado de ineptos y traidores —dijo el emperador después de dar un sonoro suspiro.

Le terminaron de vestir y se preparó para otra tediosa reunión de la Dieta; en cuanto pudiera, acabaría con esos cenáculos inútiles en los que los nobles y los príncipes no paraban de hablar de sus derechos y privilegios. En España había empezado con mano dura, sometiendo a los parlamentos y destruyendo a los comuneros. Alemania no correría mejor suerte.

Wittenberg, 2 de mayo de 1521

La ciudad estaba inquieta y eso preocupaba a Nicolaus Hausmann. Aunque, a decir verdad, Alemania entera se encontraba expectante. Apenas habían pasado unos días desde la comparecencia de Lutero ante el emperador y corría el rumor de que el monje estaba muerto, el príncipe encarcelado y los deseos de reformar la Iglesia, cercenados. Nadie se extrañaba de esos rumores, el reformador Juan Huss ya había sufrido esa misma suerte un siglo antes. Los alemanes no se fiaban de Roma y la corte del Papa no se fiaba de ellos.

Hausmann subió al púlpito inquieto, tenía que predicar aquella tarde, pero su mente estaba en otra cosa.

«Hermanos y hermanas, nuestro querido Lutero está en peligro. El hombre que ha traído luz y serenidad a nuestros corazones, aquel que ha rescatado la Palabra de Dios de las manos de los impíos, ahora es juzgado por ellos. Seguramente, como los apóstoles en Jerusalén, será empujado a callar pero, como ellos, dirá a ese Sanedrín "que no puede dejar de hablar lo que ha visto y ha oído"».

Un murmullo recorrió la iglesia. Estudiantes, campesinos y burgueses llenaban los bancos y muchos permanecían de pie o sentados en el suelo. El entusiasmo de Lutero había transformado la ciudad y muchos se acercaban por las tardes para escuchar sus vivos discursos. Aquellos hombres y mujeres eran los mismos que habían impedido que se colocaran las condenas papales y que habían quemado junto al profesor la bula que le excomulgaba. Ahora temían la suerte de su maestro, si a él le sucedía algo, la espada de Roma también caería sobre ellos.

«Oremos esta noche por la suerte de nuestro amigo el doctor Martín Lutero, si alguien puede sacarle de todo peligro es Dios», dijo Hausmann.

Toda la congregación asintió. El hombre bajó del púlpito y fue el primero en ponerse de rodillas encima del frío suelo de piedra. Todos se arrodillaron y juntos comenzaron a orar el Padrenuestro. Lo que desconocían es que, a muchas leguas de allí, el teólogo y profesor estaba a punto de jugarse la vida de nuevo.

5

Lautertal, 2 de mayo de 1521

El grupo estaba extenuado. Habían tomado el camino más difícil del viaje. Tenían que atravesar la región boscosa de Odenwald, a cuyos pies estaba Bensheim. Juan Márquez había tomado aquel camino con la esperanza de dejar atrás a cualquier perseguidor, pero la humedad del bosque y sus serpenteantes caminos dificultaban la marcha a gente poco acostumbrada a cabalgar.

Justo Jonás se quejaba todo el rato de su maltratada espalda y Pedro Suaven no dejaba de preguntar cuándo descansarían. La actitud de Lutero era muy distinta. Había pasado la mayor parte de su vida en la austeridad de la orden de San Agustín, añadiendo a la rigurosa regla monacal sus propias penitencias. Apenas comía, dormía sobre el suelo de su celda, vestía el andrajoso y áspero habitó marrón, lo que había menguado su salud y endurecido su semblante, pero al mismo tiempo aumentado su capacidad de adaptarse a las más duras condiciones de vida.

El padre de Martín siempre le había tratado con rigor, aunque no podía decir de él que no hubiera sido justo y le hubiera otorgado privilegios que los hijos de los mineros no podían permitirse. La prosperidad de su padre le había permitido estudiar en la escuela de Mansfeld, después asistió por un año a la escuela de la Catedral de Magdeburgo, con los Hermanos de la Vida Común, completando su educación en la Abadía Franciscana de Eisenach, donde aprendió música, su gran afición.

El deseo de su padre era que estudiara leyes, pero el temor a morir que le sobrevino en medio de una tormenta le había hecho encomendarse a Santa Ana y prometerle convertirse en monje. Al poco tiempo ingresó en el monasterio agustino de Erfurt y su padre le dejó de hablar, hasta que se convenció de la verdadera vocación de su hijo.

La vida monacal le gustaba, aunque no satisfacía todas sus inquietudes.

—¿En qué piensas, Martín? —le preguntó Schurf, que conocía la capacidad del monje para la meditación.

—Recuerdo el camino que me ha llevado hasta esta absurda huida. Si he de morir, ¿qué importa?, ¿quién soy yo? Un agustino, un mensajero de la verdad, pero si yo perezco, Dios levantará a veinte mejores para continuar su obra.

Al final del camino divisaron la aldea de Scheuerberg. Un puñado de casas en mitad del bosque, pero por lo menos la seguridad de tener un plato caliente y un jergón en el que dormir. El grupo se detuvo antes de entrar en la aldea. Dos hombres se adelantaron y comprobaron que no había peligro.

—¿Hay alguna posada? —preguntó Justo Jonás.

El español frunció el ceño. Ni las damas eran tan endebles y gemebundas como aquellos doctores.

—Tendremos suerte si un campesino nos ofrece un plato de sopa caliente y un pajar —dijo el capitán Márquez.

—Pues será mejor que regrese a Worms. Yo no temo por mi vida —dijo Justo Jonás.

—Lo lamento, pero vuesa merced tiene su destino ligado al nuestro. Si los hombres del emperador le encuentran, le obligarán a indicarles nuestro camino —afirmó el español.

Entraron en una amplia casa de campo, el dueño les salió al encuentro y llegó a un acuerdo con el capitán. Después se sentaron a una amplia mesa de madera y dos de las criadas les sirvieron sopa de ajo, pan, algo de chorizo y leche. Esta vez todos estaban sentados juntos, menos los dos hombres de guardia. Comían en silencio, hasta que el dueño les preguntó:

—¿A dónde se dirigen? No es ésta tierra de paso hacia ninguna parte y no creo que hayan venido a propósito hasta aquí personas tan gentiles.

—Si le digo la verdad... —empezó a explicar Justo Jonás, pero el español le hincó la mirada y éste agachó la cabeza, mientras sorbía la sopa.

—Un asunto personal, ya sabe —le dijo el español.

El campesino les observó intrigado. Hombres armados y doctores no era una combinación común en aquellos tiempos.

—El mundo anda revuelto, hasta aquí han llegado noticias de un monje hereje que engaña a las gentes. Hace unos días bajé hasta Bensheim para vender mis productos y nadie habla de otra cosa —dijo el campesino.

—Uno no debe hacer caso a todo lo que oye —dijo molesto Pedro Suaven.

—Eso es cierto —contestó el campesino.

—Y en boca cerrada no entran moscas —recitó el español.

Lutero sonrió, un gesto que en los últimos tiempos repetía con más frecuencia, después hundió su mirada en el campesino y le dijo:

—Es muy amable al recibir a forasteros en su casa. Dios premia la hospitalidad, el apóstol dice que algunos por su hospitalidad cobijaron a ángeles.

—Aunque creo que éste no es el caso —bromeó Schurf.

El ambiente se relajó y todos rieron, menos el español, que miró de reojo al monje.

—¿Es usted monje? ¿Podría hacer algo por nosotros? —preguntó ansioso el campesino.

—Lo que esté en mi mano.

—Nos ha nacido un hijo varón. El único que tengo, y está sin bautizar. Con los rigores del invierno no he podido llevarlo a la iglesia de Kirschhausen. Tenemos miedo que se nos muera en pecado mortal —comentó el campesino.

—Traiga el bebé —dijo Lutero.

El hombre regresó con el bebé y la madre. Todos se pusieron en pie, Lutero recitó en latín la fórmula del bautismo y después salpicó unas gotas de agua sobre su frente. Cuando el campesino se marchó con el bebé, Justo Jonás le reconvino.

—¿Por qué sigues practicando el bautismo de infantes? Si la salvación es por gracia, ¿para qué sirve ese ritual medieval?

—Hermano, la Iglesia tiene dos sacramentos, la Cena del Señor y el Bautismo. Ese niño no puede confesar pecados, es inocente, pero lleva el pecado de sus padres; el bautismo le lava del pecado original —dijo Lutero.

—La gracia es suficiente para salvar —dijo Schurf.

—Es suficiente, pero mientras el infante no tiene conciencia del bien y del mal, no alcanza al bebé sino por el sacramento —dijo Lutero.

—Caballeros, creo que no es el lugar para teologías —dijo el capitán al ver que el campesino se acercaba con una sonrisa de oreja a oreja.

—Ya tienen preparadas las camas. Espero que descansen y se lleven mañana la paz que han traído a esta casa —dijo el hombre.

El grupo se dirigió a las habitaciones, Márquez salió para comprobar la guardia y se entretuvo contemplando las estrellas. Echaba de menos Castilla; su madre era alemana, pero él se sentía español.

A media jornada de camino, otro español maldecía la suerte del monje alemán. Felipe Diego de Mendoza se encontraba en Darmstadt. Esos malditos herejes le habían despistado. Cambió los caballos y obligó a sus hombres a viajar en plena noche. Estaba seguro de que habían atravesado el bosque, pero podía alcanzarlos en Babenhausen, cuando salieran de su maldito escondite. Mientras el viento frío de la noche le adormecía la cara, pensó en las cálidas madrugadas sevillanas, el olor a azahar y los paseos a caballo hasta la catedral. Ese sería su último trabajo y regresaría a Sevilla; ya había vivido suficientes aventuras y con su paga pasaría el resto de sus días a las orillas del Guadalquivir.

6

Worms, 2 de mayo de 1521

Las cosas en la Dieta no iban bien; si los príncipes no lo impedían, Carlos sacaría un edicto condenando las ideas de Lutero. Un emperador metiéndose en los asuntos de estados soberanos, era lo último que Federico esperaba ver en lo que le quedaba de vida. Aquella reunión tenía el único fin de llevar a más electores a su bando, pero sabía que no eran muchos los que estaban dispuestos a morir por salvar sus privilegios.

—No vendrá más gente —dijo el duque Erich de Brunswick.

—Las ratas son las primeras en abandonar el barco —dijo amargamente Federico.

Los cinco hombres se sentaron en dos bancadas y comenzaron a hablar en voz baja. El conde Wilhem y Felipe de Hesse parecían inquietos.

—Excelencias, no temáis. Todos estamos en la misma picota. Los espías del Papa han visto a todos los que entraban y salían de conferenciar con Lutero —dijo Federico.

—No es temor, es precaución. El emperador es joven e impetuoso y puede provocar una guerra antes de tiempo —dijo Felipe.

—Regresará pronto a España y nosotros nos quedaremos aquí. El imperio es una idea, un sueño, pero la realidad es otra muy distinta —dijo Federico.

—Carlos es muy poderoso y esos castellanos están dispuestos a seguirle hasta el fin —dijo Wilhem.

—Los españoles son impetuosos y están prestos tanto a apoyar a sus reyes como a abandonarlos si no les pagan a tiempo sus pagas —bromeó Federico.

—¿Cómo impediremos que salga el edicto? —preguntó Landgrave, que hasta ese momento había estado en silencio.

—No hay que precipitarse. Dejemos que escriban su edicto, después tendrán que aplicarlo y eso depende de nosotros —dijo Federico.

—Hay que ser más resolutivos —comentó Erich de Brunswick.

—No, esperemos. Suficiente revuelo se hizo ya con el cartel que colocaron hace unos días contra los papistas. Cuanto más tensemos la cuerda, más fácil será que se rompa —dijo Federico.

—¿Cómo está Lutero? —preguntó Landgrave.

—Espero que a salvo. He enviado a dos grupos de mis mejores mercenarios. Uno para escoltarle y otro para esconderle en lugar seguro —dijo Federico.

—He oído que los hombres del emperador también están detrás de él —afirmó Felipe.

—Esperemos que Dios los proteja —dijo Federico.

El grupo se disolvió en medio de la oscuridad del palacio. Federico caminó hasta la calle y se entretuvo frente al puente. Después cruzó el río. Sus escoltas se mantenían a una pequeña distancia. Se aproximó a las negras aguas y sintió el frío que le calaba los huesos. Alzó la mirada y contempló el cielo.

Federico tenía la mayor colección de reliquias de Alemania, pero las enseñanzas de ese testarudo profesor de Wittenberg decían que las reliquias, el culto a los santos, las peregrinaciones y las penitencias no servían para agradar a Dios. Lutero no se daba cuenta de que buena parte de los ingresos de su principado la proporcionaban los peregrinos. ¿Qué sucedería si se deshacía de todas ellas? ¿De qué se sostendría su estado? Notó cómo la conciencia le punzaba, los sermones del monje calaban más que la humedad en sus viejos huesos. Se alejó del río hacia su residencia, caminó despacio, torturado por sus propios pensamientos. Aquel hombre delgado y frágil se había convertido en el símbolo de las libertades alemanas. No podía perecer, por lo menos hasta que venciera a todos sus enemigos.

7

Darmstadt, 2 de mayo de 1521

No había ni rastro de Lutero y sus acompañantes. Jakob permitió a sus hombres descansar un poco mientras él seleccionaba los caballos de refresco.

—¿Únicamente tienes estos jamelgos? —preguntó Jakob.

—Sí, señor. Son buenos caballos, pero los mejores se los llevó hace media hora otro caballero —contestó el hombre.

—¿Un español?

—Sí, señor. Un capitán del emperador.

—¿Pasó por aquí otro grupo de hombres con un monje? —preguntó Jakob.

—No, por lo menos por esta posta.

Jakob se rascó el mentón con una fina barba de varios días. Cuando se ponía tenso notaba cómo le palpitaba la cuenca vacía de su ojo derecho. Se tocó el parche negro y fue en busca del resto de sus compañeros.

—Tenemos que partir —dijo a los demás.

Los soldados tomaron los últimos sorbos de sus cervezas y salieron sin protestar. Aquellos eran los mejores hombres que había tenido. Disciplinados, honrados y fieles como el que más. Ahora necesitaba de su entereza para cumplir la misión. Sin duda, Juan Márquez había sido más astuto de lo que pensaba y había tomado el camino del bosque para evitar a las fuerzas imperiales. El único problema era que Felipe Diego de Mendoza también lo sabía y saldría a su encuentro en cuanto abandonara los bosques.

Jakob nunca había luchado para el emperador, un sajón tenía sus preferencias, pero cuando el príncipe había enviado hombres a la guerra, él había sido el primero en ir, no podía defraudarle.

8

Lautertal, 3 de mayo de 1521

Lutero y sus amigos se levantaron antes de que amaneciera y partieron sin desayunar. Era el segundo día de viaje y todos parecían cansados. Si el camino a Worms había sido un desfile de recibimientos multitudinarios, regalos y parabienes, el regreso a Wittenberg parecía más la huida de fugitivos desesperados.

Mientras cabalgaban en medio de la niebla, el monje no podía dejar de pensar en la Dieta. El día 17 de abril había hecho un tiempo inmejorable, como si Dios sonriera aquella mañana desde los cielos. Los nobles, caballeros y soldados esperaban en la gran sala, mientras el emperador Carlos permanecía sentado en su trono. Aquello le impresionaba, él no estaba acostumbrado a sentarse a la mesa de los príncipes, pero tenía el convencimiento de que era lo que tenía que hacer. Caminó por el pasillo resuelto, con el corazón desbocado, pero intentando transmitir sosiego. El emperador vestía a la española, con una capa corta de armiño, una gorra adornada de pluma de avestruz, zapatos largos y un collar de perlas en el que colgaba el emblema de la orden del toisón de oro. A un lado estaban los dos nuncios, sentados en sillas tapizadas de carmesí. Uno de ellos era el cardenal Caracciolo, con una lujosa sotana morada; al otro lado, Aleandro, con traje violeta. Más cerca del emperador estaban los dos electores eclesiásticos, Alberto, arzobispo de Maguncia, y Ricardo, arzobispo de Tréveris. Luego el resto de electores, entre los que se encontraba su protector Federico, que le sonrió al verle.

Algunas personas próximas le susurraron palabras de aliento, pero una voz seca le sacó de su estado de expectación. Le preguntó si los libros sobre una mesa cercana eran suyos. Él se acercó sin prisa y los hojeó uno por uno. Después afirmó con la cabeza, pero Schurf, su abogado, le hizo un gesto y pidió al secretario que se leyeran en voz alta los títulos de las obras. El secretario mencionó los libros, mientras un rumor recorría toda la sala. Después de escuchar los títulos no le quedó más remedio que reconocer los libros, pero pidió que le dieran más tiempo para responder a la pregunta de si estaba de acuerdo con todo lo que había escrito en ellos. No se le ocurrió otra cosa qué decir. Él había pensado que tendría la oportunidad de hablar francamente, pero la ceremonia seguía su protocolo, ajena a sus deseos. Sus palabras produjeron un barullo entre los asistentes. Los partidarios asentían satisfechos de sus palabras. Los españoles se reían por el temor del monje, al que habían pintado tan fiero, los nuncios cuchicheaban al oído y los teólogos negaban con la cabeza. El secretario miró al confesor del emperador, éste al propio Carlos, hasta que con un leve gesto el emperador autorizó la demora. Tendría un día más para orar y prepararse.

—Martín, ¿no me escuchas? —preguntó Justo Jonás al monje, que estaba con la vista perdida.

—¿Qué?

Vamos a desayunar. No aguanto ni un minuto más con el estómago vacío.

El monje bajó del caballo y caminó con sus amigos hasta una mesa de madera delante de la puerta de una granja. Varias mujeres les sacaron comida y leche. Tenían hambre y comieron en silencio. Lutero apenas probó bocado. Desde su salida de Worms, sus dudas se habían acrecentado. ¿Qué pasaría si sus enemigos tuvieran razón y él estuviera dividiendo a la Iglesia? Para Lutero la Iglesia era su madre, llevaba años sirviéndola. Conocía sus miserias, pero sin duda era la representante de Jesucristo en la tierra. Cuando le asaltaban esas dudas, siempre le venían a la cabeza las palabras de la Biblia. «Dios es luz y no hay ningunas tinieblas en él» (RVR60).

—¿Cuánto tardaremos en llegar? —preguntó Pedro Suaven.

—Espero que lleguemos esta noche a Dieburg, a partir de allí el camino es más fácil y el hospedaje más cómodo —dijo el capitán.

—Estupendo —contestó Justo Jonás.

—Desde allí a Worms hay unos seis días más de camino —dijo el capitán.

—Que Dios nos ayude —dijo Justo Jonás, al pensar en el largo viaje.

Lutero se levantó de la mesa y se acercó al arroyo. Sentía la necesidad de orar. Así pasó la media hora que estuvieron en la granja descansando, pero cuando subió a su cabalgadura, sintió cómo sus fuerzas volvían a él de nuevo.

9

Worms, 3 de mayo de 1521

Los rumores sobre la desaparición de Lutero recorrieron toda la Dieta. Algunos decían que el monje ya estaba muerto, otros le creían de camino a Wittenberg para ponerse de nuevo al timón de las reformas.

A la hora de la comida los electores y los nobles no dejaban las charlas de los mismos temas que trataban en las reuniones. En una de las mesas, el arzobispo de Tréveris, Ricardo Grifiaklan, uno de los más favorables a Carlos y que había intentado hacer entrar en razón a Lutero, conversaba vivamente con varios príncipes.

—En el fondo del mensaje de Lutero hay una sencillez atrayente, una frescura apetecible, pero el monje niega las potestades a la Iglesia, por eso sus doctrinas son inadmisibles —dijo el arzobispo de Tréveris.

—Es un hereje. Los apóstatas siempre quieren seducir, pero sin duda es una mala bestia —comentó el obispo de Auburgo.

—El pueblo le quiere y le sigue —dijo Gerónimo Huch, canciller de Baden.

—El pueblo es caprichoso —comentó el arzobispo de Tréveris.

—En la reunión que tuvimos negó la autoridad de los concilios y del Papa. Además, si fuera un mensajero de Dios, no se crearían tantos desórdenes y rebeliones en donde sus ideas se imponen —dijo Jorge, duque de Sajonia.

—Alemania se encuentra revuelta por otras razones, las ideas de Lutero han devuelto la esperanza a muchos. ¿No es cierto que Roma se enriquece a costa de la sangre alemana? —preguntó Gerónimo Huch.

El arzobispo frunció el ceño. Aquello eran palabras sediciosas.

—Los alemanes son hijos de la Iglesia y deben contribuir como todos a su sostenimiento. No hay más impuestos aquí que en España o Francia —dijo el obispo de Auburgo.

—El hereje nos dijo a la cara que no se sometía a nuestras órdenes ni a las del emperador, que únicamente se sometía a Dios. Después de negarse a retractarse delante de la Dieta, el emperador le concede otra oportunidad de hablar con nosotros, prologa su salvoconducto y él se niega a obedecerle. ¿Qué se ha creído ese monje? —dijo el arzobispo de Tréveris.

—El monje no quiso entrar en razones, después habló con él Juan Eck, que le argumentó que la mayoría de las herejías se han sacado de la Biblia, pero Lutero no cedió —afirmó Gerónimo Huch.

—Yo creo que es un títere de Federico. El elector quiere tener mayor influencia en el emperador y para ello usará todos los medios. Lo que Federico no sabe es que Carlos no es su abuelo. Los tiempos en los que el emperador no se metía en los asuntos de los estados han terminado. Toda la cristiandad tiende a unirse, las singularidades tendrán que ser sacrificadas —comentó el obispo de Auburgo.

—No tardaremos mucho en ver a Lutero en la hoguera —señaló el arzobispo de Tréveris.

—Lo dudo —comentó Gerónimo Huch—, es demasiado popular. El monje morirá de otra forma.

—Ahora mismo regresa a casa, pero ya no podrá dormir tranquilo —comentó el obispo de Auburgo.

—Hacerse enemigo del emperador y de Roma es firmar tu sentencia de muerte —afirmó Jorge, duque de Sajonia.

La comida terminó y todos los delegados se reunieron de nuevo en la sala. Los legados del Papa estaban impacientes por una declaración formal contra Lutero, pero el emperador se resistía. Quería primero convencer a los príncipes que apoyaban al monje. No deseaba dejar una Alemania dividida mientras él atendía sus asuntos en España. Carlos había sido educado por el sabio Erasmo, su mentor hablaba bien de Lutero y sus ideas, pero sin duda Erasmo no era consciente del uso político que se hacían de las doctrinas del monje agustino. La cabeza del emperador estaba llena de dudas, pero sabía lo que tenía que hacer.

10

Dieburg, 4 de mayo de 1521

La ciudad estaba desierta. Apenas era un grupo de casas junto al cruce de caminos que llevaba a Frankfurt, pero en los últimos tiempos muchos campesinos se habían asentado en la zona y el paisaje comenzaba a poblarse de nuevas construcciones. Lutero y sus amigos habían descansado en la ciudad y su plan era tomar el camino hacia Hanau. Cuanto más separados estuvieran de Worms, más seguros estarían.

Mientras el resto del grupo esperaba en la posada, Juan Márquez y uno de sus hombres cambiaron los caballos por otros de refresco y compraron algunas provisiones para el camino. El capitán no veía la hora de desprenderse de esos malditos herejes. No quería continuar sirviendo a Federico, pero tampoco iba a traicionarlo. Si vigilaba a Lutero por una larga temporada ganaría una paga suficiente para regresar a España.

Cuando Juan comenzó a descender por la calle junto a su compañero, notó que algo extraño sucedía. Ató los caballos a un poste y sacó la espada.

—Atento —dijo a su compañero.

Entraron en la otra calle y caminaron pegados a la pared hasta la posada. Un grupo de hombres armados estaban en la puerta. Entre ellos reconoció de inmediato a Felipe Diego de Mendoza, por su altura, su pelo rojo y su gallarda figura.

La cabeza de Juan bullía de ideas. ¿Cómo podía entrar en la posada y sacar a Lutero y sus amigos antes de que Felipe los capturara?

Juan contó seis hombres, aunque desconocía si había más dentro. Después hizo un gesto a su compañero, escalaron hasta el tejado de una de las casas cercanas y saltaron de un edificio a otro hasta llegar a la posada. Entraron por una de las ventanas, mientras sus perseguidores seguían guardando la entrada.

Bajaron desde la buhardilla hasta la primera planta, en la que se encontraban sus compañeros. Juan abrió las puertas de las habitaciones y con un gesto mandó a todos que guardaran silencio.

—Nos han alcanzado, tenemos que huir —dijo al grupo en un susurro.

—¿Por dónde? —preguntó inquieto Justo Jonás.

El español señaló la planta de arriba y les instó a que subieran las escaleras.

—Yo no puedo andar por un tejado —se quejó Justo Jonás.

—Ánimo, el apóstol San Pedro anduvo sobre las aguas —dijo Lutero a su amigo.

El grupo subió a la buhardilla y comenzó a salir en orden por la ventana. Cuando Lutero miró hacia abajo sintió un repentino temor a las alturas, pero intentó controlarse. Sus amigos estaban en peligro por su culpa y debía ser fuerte. Caminaron en silencio por encima de las cabezas de sus enemigos, pero el paso torpe de Justo Jonás hizo que una teja se cayera al suelo. Los hombres del emperador miraron hacia arriba y les vieron en el tejado.

—¡Allí, escapan! —gritó uno de los soldados del emperador.

Sonaron varios arcabuces y las balas rozaron el hábito de Lutero.

—Díos mío —dijo Justo Jonás.

Corrieron como pudieron por las tejas, mientras Juan disparaba su pistola y todos comenzaron a correr. Los hombres del emperador le siguieron por la calle.

—Tenemos que detenerlos. Tú, ve con ellos, el resto seguidme —dijo Juan saltando del tejado sobre los soldados. Dos de sus hombres se lanzaron también, mientras el resto seguía por el tejado.

La artimaña causó efecto. Los hombres de Juan comenzaron a batirse con la espada y lograron detener a sus perseguidores. Lutero y sus amigos consiguieron llegar a los caballos y salir al galope de la calle.

El corazón de Lutero palpitaba desbocado. Los caballos corrían por las calles de tierra, hasta que entraron en las lindes del bosque. Ahora sólo tenían un escolta y todavía estaban muy lejos de casa. La situación comenzaba a ser desesperante, pensó Lutero mientras sentía la fuerza de su caballo, que corría junto a sus amigos hacia un futuro incierto.

11

Dieburg, 4 de mayo de 1521

Los hombres de Juan Márquez lograron contener a casi todos los soldados del emperador, pero dos lograron huir tras Lutero. El propio Felipe Diego de Mendoza se batía contra él. La fuerza del capitán imperial era increíble. Cada golpe de espada le hacía retroceder. Sus hombres lograron herir a dos perseguidores, pero todavía eran cuatro contra tres.

—¡Huyamos! —dijo Juan. Sus hombres corrieron hasta los caballos y lograron saltar sobre sus monturas. Los soldados del emperador se quedaron aturdidos unos segundos, pero después corrieron en dirección contraria hacia las suyas.

Juan espoleó su montura. Tenía que alcanzar a los otros dos soldados antes que atacaran a sus compañeros. Galoparon al máximo de sus fuerzas hasta alcanzar al grupo en el bosque. En ese momento su compañero se batía contra los dos soldados del emperador, Juan se puso en medio y derribó a uno de los perseguidores. El otro huyó al ver a los mercenarios.

—Síganme —dijo Juan atravesando el bosque.

El grupo se adentró entre los árboles. Cabalgaron durante dos horas en mitad de la penumbra de la densa arboleda, hasta que llegaron a un claro y descansaron, dieron de beber agua a los caballos en un arroyo cercano y se tumbaron en la hierba. Habían logrado escapar de nuevo de sus enemigos.

—¿Qué haremos ahora? —preguntó Schurf.

El capitán no sabía qué responder. Sin duda, la tenaz resistencia de Felipe Diego de Mendoza no cesaría hasta dar de nuevo con ellos. El camino hacia Wittenberg estaba vigilado y su única oportunidad era transitar por caminos secundarios todo el trayecto.

Les llevaré a Wittenberg, pero tendremos que viajar de noche, dormir de día al raso y uno de nosotros se abastecerá de comida, pero no podemos dejarnos ver.

El grupo asintió con la cabeza, aquello ya no era sólo un molesto regreso a casa, sus vidas corrían serio peligro y la única persona que podía salvarles era el capitán español.

12

Dieburg, 4 de mayo de 1521

No se había equivocado, Juan Márquez había pasado por el pueblo, pero al parecer había sido atacado por los soldados del emperador. Jakob miró a sus hombres, agotados después de varios días de viaje sin descanso, y se compadeció de ellos, pero ahora estaban más cerca que nunca de su objetivo. Dos horas les separaban de Lutero, aunque ahora sabía que los hombres de Felipe Diego de Mendoza también estaban muy cerca. En el pueblo se habían quedado tres soldados heridos, pero los otros tres continuaban la persecución.

—Os pido un último esfuerzo —dijo Jakob a sus hombres.

Estos le miraron agotados, pero la paga era buena y su jefe nunca les había fallado. Cambiaron de cabalgaduras y salieron de nuevo al camino. Cuando atravesaban el bosque vieron una capa abandonada, un cuchillo y otros utensilios dejados entre las ramas.

—Ya no están en el camino —dijo Jakob examinando los objetos—. Están viajando a través del bosque.

—Eso es muy peligroso, señor —dijo uno de los mercenarios.

—Juan sabe que Mendoza no conoce la región —dijo Jakob.

Volvieron a sus monturas y se adentraron en el bosque. Uno de los hombres de Jakob marchaba delante siguiendo el rastro. Afortunadamente, Jakob contaba con uno de los mejores guías de Alemania.

Después de un día entero de marcha, descansaron al lado de una granja. Jakob estaba seguro de que su compañero viajaría por la noche. Eso haría más lento su avance. Esperaba alcanzarle antes de que se pusiera el sol y volvieran a ponerse en marcha.

Comieron algo ligero, algunos hombres aprovecharon para dormir un poco y después siguieron por los senderos del bosque.

13

Worms, 4 de mayo de 1521

—¡Llevamos días hablando de ese maldito monje y hay cosas más importantes para el imperio! —gritó Carlos enfadado.

Los electores se sobresaltaron del ataque de furia del emperador. Hasta ese momento había controlado su enfado en público, aunque había amonestado a varios nobles y electores en privado. Su hermano Fernando, criado en España, se acercó hasta el emperador y dijo a la asamblea:

—Nuestro deseo es ayudar en la resolución de los problemas del imperio. Ahora es más necesario que nunca que permanezcamos unidos, los turcos se aproximan a las fronteras y no podemos enfrentarnos por cosas menores.

La mayoría de los presentes asintió con la cabeza, pero el príncipe Federico levantó la voz para intervenir.

—La costumbre del imperio siempre ha sido confiar en los electores. Nosotros estamos día tras día con el pueblo y conocemos sus inquietudes, para poder unir a los alemanes no se necesitan imposiciones de Roma.

El emperador frunció el ceño, pero no contestó al príncipe. En su lugar habló el arzobispo de Tréveris.

—Sé a lo que os referís, excelencia, pero un monje no puede dividir Alemania.

—Alemania ya se encuentra dividida, ilustrísima. Lo que llevamos toda la Dieta intentando hacer es volver a unirla —contestó Federico.

—¿Desde cuándo manda el vulgo en Alemania? —preguntó el legado del Papa.

Varios electores comenzaron a hablar entre sí indignados. Al final, Carlos volvió a tomar la palabra.

—Mis antepasados han sido elegidos por esta noble cámara emperadores del Sacro Imperio Romano Germánico durante decenios. La responsabilidad es ahora sólo mía. Dios me ha elegido para dirigir a su pueblo, como lo hizo con el rey David. He pedido sabiduría como el sabio Salomón, para gobernar todos mis reinos, pero nunca aceptaré que el populacho me presione. En Castilla, los rebeldes han sido sofocados por las armas; en Alemania, no seré más benévolo contra aquellos que desobedezcan la ley, sean nobles o plebeyos.

Se produjo un nuevo silencio. El emperador se levantó y salió de la sala ante el asombro de todos. Muchas cosas estaban cambiando en el imperio, pero los nobles no estaban dispuestos a perder sus prerrogativas a cambio de nada.

14

Worms, 4 de mayo de 1521

Después de la misa, Jean Glapion, confesor del emperador, tomó a éste aparte y se lo llevó a dar un paseo por los jardines. Notaba la turbación del joven, no era sencillo lidiar con los electores, tampoco intentar poner calma en un ambiente enrarecido por la rebeldía del monje agustino.

Jean Glapion habló en francés a Carlos, el idioma en el que el emperador se había criado de niño. El emperador dominaba el alemán y hablaba en español, aunque con dificultad, pero el francés era el único idioma con el que se sentía cómodo.

—Majestad, noto que las preocupaciones le embargan. Sobre sus hombros lleva muchos reinos, pero confíe, Dios está con Su Majestad. Las dificultades son la labor de los reyes, su oficio es velar por la grey de Dios.

—Lo sé, pero Alemania siempre ha sido la pieza más compleja de mis posesiones. Ellos no me ven como alemán. Además, muchos tienen envidia de mi familia.

—No es nada personal, los príncipes son celosos de sus privilegios. Si les aseguráis cierta autonomía se acabará el problema del hereje.

—¿Vos creéis? —dijo Carlos dudoso.

—Sí, Lutero sin el apoyo de Federico no es nadie. Está excomulgado, ¿quién le protegerá si el príncipe le abandona? —dijo el confesor.

—Pero Federico es muy testarudo. Además, pienso que ese monje le ha convencido —dijo Carlos.

—El príncipe es demasiado viejo para dejarse embaucar por un charlatán. Sajonia es una tierra de peregrinación, no va a arriesgar su mayor fuente de beneficios quitando todas las reliquias que atesora —dijo el confesor.

Carlos suspiró mientras observaba el cielo enrojecido por la puesta de sol. Aquel día había sido caluroso, como si el verano se apresurara en venir.

—En España me sentía extranjero y ahora estoy deseando regresar. Aquella gente me ha acogido mejor que ningún otro de mis reinos. Aragón, Castilla, Granada, en todas partes me quieren. Mi hermano tendrá que enfrentarse a estos lobos.

—Su Majestad Fernando lo hará bien, es fiel y resuelto. Sin duda dominará a esos lobos, como Su Majestad los llama.

—Ese monje lo ha complicado todo. Espero que pague su merecido. Daré un escarmiento a los que como él osan rebelarse a las autoridades establecidas por Dios.

El emperador regresó al palacio más animado. Su confesor era una persona comprensiva. No intentaba influirle como su viejo maestro Erasmo, pero había llegado el momento de las decisiones, el mundo no podía vivir de filosofías y sofismas. El único lenguaje que entendía era el de la espada.

15

Hessische, 5 de mayo de 1521

Vivir en el bosque era lo más parecido al paraíso que Lutero había conocido aunque, si se hubiera molestado en preguntar a sus amigos, estos le hubieran dicho que para ellos era la antesala del infierno. Llevaban varias jornadas sin comer nada caliente, notando cómo el frescor de la noche congelaba sus entumecidos miembros mientras cabalgaban; tenían la espalda rota por dormir en el suelo con una ligera manta como única comodidad, pero al fin y al cabo estaban vivos. Por el contrario, Juan Márquez parecía contento, como si aquel paisaje interminable hubiera suavizado su carácter agrio y altivo.

—Dentro de unas horas saldremos de Hesse y entraremos en Turingia, hemos superado lo peor del viaje —dijo el capitán.

—No estaré tranquilo hasta llegar a Sajonia —afirmó tajante Justo Jonás.

El aspecto del grupo había empeorado en los últimos días. Todos estaban sucios, con barba y la cara enflaquecida por el viaje. Él único que se mantenía inmutable era Lutero.

—Es un privilegio ver la obra de Dios —comentó Martín extendiendo las manos.

—Yo prefiero contemplarla desde la tranquilidad de una morada —se quejó Justo Jonás.

—En otras circunstancias yo también disfrutaría, pero ahora he de ser sincero: tengo ganas de regresar a casa —dijo Pedro Suaven.

—¿Podríamos encender una hoguera? Tengo los huesos helados —preguntó Schurf.

—Es muy peligroso —contestó el capitán.

—Llevamos un día sin ver a nuestros perseguidores. Seguramente se han cansado de buscarnos —dijo Justo Jonás.

—Fernando Diego de Mendoza no se cansa con facilidad —dijo el capitán.

—¿Conoce al jefe de nuestros perseguidores? —preguntó extrañado Pedro Suaven. Lo cierto es que no se fiaba muchos de los españoles.

—Sí, los dos fuimos asignados como escolta del emperador. Gracias a mis conocimientos de alemán, el emperador Carlos me usó de intérprete algunas veces —explicó Juan.

—¿Por qué dejó la guardia del emperador? —preguntó Lutero.

—Cuando la guerra comenzó en Castilla no quise participar. Los castellanos únicamente defendían sus derechos. Preferí regresar a Alemania y me puse al servicio del príncipe Federico, pero algún día regresaré a mi tierra.

—¿Cómo es España? Erasmo dice que Europa termina en los Pirineos —dijo Schurf.

—Erasmo es un sabio, pero nunca ha estado en la península. Hay muchos tipos de españoles. Desde aquí se piensa que son todos iguales, pero un granadino es totalmente distinto a un navarro, mucho más de lo que lo es un sajón con respecto a un bávaro —dijo el capitán.

—Un pueblo mestizo de musulmanes y judíos —dijo Pedro Suaven.

—Es cierto que por la península han pasado muchos pueblos, pero tenemos más de griegos, cartagineses y romanos que de moros —dijo el capitán.

—En Alemania hay demasiados judíos —apuntó Lutero.

—Creo que en España los Reyes Católicos los expulsaron —dijo Justo Jonás.

—Sí, muchos de ellos vinieron a Alemania —se quejó Schurf.

—Son herederos de las promesas de Dios —dijo Justo Jonás.

—Ellos mataron a Cristo —le corrigió Pedro Suaven.

—Yo he convivido con judíos y son un pueblo como otro cualquiera, con sus costumbres, pero he encontrado gente de todo tipo —dijo el capitán.

—Creo que será mejor que descansemos —dijo Lutero—, esta noche nos espera otra dura jornada.

El grupo se preparó para dormir, un soldado hacía la guardia por turnos de tres horas. Mientras todos descansaban, Lutero siempre era él último en acostarse, pasaba más de una hora orando, pero cuando todos se levantaban listos para una nueva jornada de viaje, parecía el más descansado de todos.

16

Wittenberg, 5 de mayo de 1521

Philipp Melanchthon había terminado la clase antes de tiempo. Percibía la tensión en el ambiente. Todo el mundo hablaba de lo mismo: ¿Dónde estaba Lutero? Llevaba tres días fuera de Worms, pero nadie lo había visto desde entonces, como si se lo hubiera tragado la tierra.

Melanchthon era uno de los mejores amigos del monje agustino. Desde el principio habían encajado a pesar de ser tan diferentes en carácter. Lutero había asistido a una de sus primeras clases en Wittenberg y había quedado encantando de su erudición en griego. Desde entonces habían sido amigos inseparables, aunque Melanchthon siempre intentaba frenar la impetuosa manera de ser de Martín.

Caminó por las calles de la ciudad para ver a Nicolaus Hausmann. Las autoridades no lograban frenar los ataques contra monasterios y religiosos, un espíritu turbulento se apoderaba de los estudiantes, enfadados y confundidos ante la falta de Lutero.

—Estimado Melanchthon, me alegra mucho verte. ¿Qué tal fueron tus clases?

—Los estudiantes parecían leoncillos encerrados en una jaula. Si esto continúa me temo que la ciudad pierda la calma.

—Lutero no tardará en llegar y él pondrá a cada uno en su sitio —comentó Nicolaus.

—Pero, ¿dónde está? Es imposible que nadie le haya visto desde hace días. Además se rumorea que el emperador ha enviado soldados para prenderle, algunos dicen que para asesinarlo.

—No podemos atender a todos los rumores —dijo Nicolaus.

—Son más que rumores. Las cosas en la Dieta no marcharon bien, el emperador se ha aliado al Papa —dijo intranquilo Melanchthon.

—El príncipe Federico no permitirá que le pase nada a Lutero, sabe que la tranquilidad de sus territorios depende de él. Llevamos varios años de malas cosechas, los impuestos aumentan y los campesinos están agotados. Únicamente Dios puede traer sosiego a Alemania —dijo Nicolaus.

—Eso espero —contestó Melanchthon preocupado.

17

Ebersburg, 6 de mayo de 1521

Unas sombras se movieron rápidamente entre los árboles. El capitán miró a ambos lados. Sin duda, no estaban solos. Apretó el paso y el resto del grupo le siguió. Estaban muy cerca del pueblo, allí podrían defenderse mejor de sus enemigos.

Vislumbraron algunas luces, los caballos relinchaban agotados. Un poco de esfuerzo más y podrían refugiarse en alguna casa.

El grupo entró en las calles de la ciudad y contempló las luces de las ventanas, la única señal de vida que habían visto durante horas.

Juan desmontó del caballo y dejó paso al resto. Dos de sus hombres se le unieron. La niebla comenzaba a cubrir el bosque, pero el sonido de los cascos de los caballos no dejaba lugar a dudas. Sus perseguidores los habían vuelto a alcanzar.

Un grupo de caballos rasgó la niebla y varios soldados embozados se pararon enfrente de ellos. Juan levantó la espada, pero justo cuando estaba a punto de atacar, el jefe del grupo se quitó la capa de la cara y gritó al español.

—¡Maldición! Por fin les hemos encontrado.

Juan entornó los ojos, apenas veía el rostro, pero la voz le era familiar.

—¿Jakob? —preguntó dubitativo.

—Compañero —dijo el hombre bajando del caballo—, llevamos varios días detrás de vosotros, pero os habéis escabullido una y otra vez, como sombras en la noche.

Los dos hombres se abrazaron. Ahora sería más difícil que los soldados del emperador les dieran presa. Jakob era el mejor mercenario de Alemania.

—Os debo llevar a un lugar seguro —dijo el hombre.

—¿A Wittenberg? —preguntó Juan.

—No, querido amigo, tengo órdenes del príncipe Federico. Pero será mejor que comamos algo, todavía queda un largo viaje por delante —contestó Jakob apoyando su brazo sobre el hombro de su amigo. Mientras, los hombres de Mendoza les observaban desde los árboles.

18

Ebersburg, 6 de mayo de 1521

Felipe Diego de Mendoza observaba al grupo a una prudente distancia. No había conseguido capturar al hereje y, lo que era peor, ahora sus defensores se habían multiplicado por dos. Sin duda debía cambiar de táctica. Ya no era posible llevar a Lutero ante el emperador, debía seguirlo, informarse de su escondite y regresar con más fuerzas.

—Capitán, ¿qué haremos ahora? —preguntó uno de sus hombres.

—Pedro volverá a Worms para informar, el resto seguiremos a los hombres de Federico. No creo que se dirijan a Wittenberg, seguramente tienen una guarida para esa zorra —dijo Felipe con desprecio.

El soldado transmitió la orden y uno de los mercenarios abandonó la fila y se dirigió hasta el capitán.

—Da noticias de nuestra ubicación actual, informa sobre los dos grupos de escoltas que protegen a Lutero y regresa con refuerzos. Iremos informando al emperador de los sitios por los que pasemos —dijo el capitán.

—Sí, señor —dijo el soldado y después se alejó al galope.

El resto del grupo se quedó cabizbajo. Llevaban varios días sin descansar y comiendo frugalmente. El viaje podía durar aún otra semana y cada vez se internaban en territorio más peligroso. En Sajonia, los mercenarios del emperador no eran bien recibidos y allí Lutero tenía miles de seguidores.

—¿Podríamos enviar un rastreador? Por lo menos descansaríamos un poco —dijo uno de los soldados.

—No, tenemos que movernos unidos. No sabemos si se presentará una oportunidad de capturar al hereje. Además, no me fío de los guías alemanes. ¿Quién nos asegura que no son de la secta de Lutero? —dijo el capitán decidido.

El hombre afirmó con la cabeza y después se dirigieron hacia una de las posadas al otro lado del pueblo, mientras uno de los mercenarios vigilaba a Lutero y sus amigos.

19

Ebersburg, 6 de mayo de 1521

El grupo parecía ahora un pequeño ejército. Los séquitos de los nobles solían desplazarse con una comitiva inferior a los diez hombres, pero ellos sumaban casi veinte. Jakob se aproximó a Lutero y se quitó el sombrero para que Juan Márquez le presentara.

—Este es el doctor Martín Lutero —dijo Márquez con poco entusiasmo.

—Un honor proteger a vos y a sus amigos —dijo Jakob.

El español le observó extrañado, su compañero no era muy dado a saludos protocolarios.

—Gracias por hacer todo esto por nosotros —dijo Lutero saludando al oficial.

—Es un placer servir a Federico, Sajonia y Alemania —dijo Jakob.

—No sé si sirviéndonos a nosotros sirven a Alemania, pero muchas gracias de todos modos —dijo Lutero.

—Yo estaba en aquella sala cuando se enfrentó al emperador. Muchos de nosotros no aceptamos que el imperio sea regido por un imberbe flamenco, por muy nieto de Maximiliano que sea —dijo Jakob.

—Dios nos enseña que debemos respetar a las autoridades, porque no hay autoridad sino de parte de Dios —dijo Lutero.

El grupo se dirigió hacia el interior de la posada y se sentó en dos de las mesas más próximas a la entrada. El mercenario siguió la conversación a pesar de la cara de disgusto de su amigo Márquez.

—En cambio, vos os enfrentasteis al Papa y al emperador —dijo Jakob.

—Les acepto como autoridad impuesta por Dios, pero no admito sus enseñanzas falsas. En materia de fe y conciencia nadie puede juzgar. Somos libres, eso al menos enseña San Pablo —dijo Lutero.

—Yo no sé leer —confesó el mercenario.

—Esa es una de las cosas que tiene que cambiar en Alemania. ¿Cómo seremos una nación cristiana si no sabemos leer la Biblia? —preguntó Lutero.

—¿Por qué está en latín? —dijo Pedro Suaven—. Yo sé latín, como abogado he aprendido muchos términos, pero no podría leer un texto entero sin perder gran parte de su contenido.

Todos miraron al abogado. Varios comensales asintieron con la cabeza.

—La teología es mejor dejarla en manos de los teólogos. Lo único que nos faltaba era hacer de cada alemán un doctor —dijo Justo Jonás.

—Estoy de acuerdo Justo, pero también es cierto que los primeros cristianos escuchaban las cartas en su idioma, ¿para qué sirve una misa incomprensible para el común de los mortales? —dijo Lutero.

—En la misa, los símbolos son más importantes que las palabras —afirmó Schurf.

—Cierto, es una conmemoración, pero los primeros cristianos no eran meros observadores, eran participantes de la ceremonia —dijo Lutero.

—¿Por qué no traducís la Biblia al alemán? —preguntó Jakob.

Se hizo un silencio en la mesa. El posadero comenzó a repartir los alimentos y varias jarras de vino y cerveza.

Durante unos minutos todos comieron en silencio, como si tuvieran que rumiar la última pregunta un poco más.

—No sé si soy el más indicado. Hay expertos en griego que harían un mejor trabajo —dijo Lutero.

—«Lo vil del mundo escogió Dios para avergonzar a los sabios» —recitó Pedro Suaven.

—Gracias, amigo, por el elogio —bromeó Lutero.

—La Biblia en alemán es una locura. Si no te queman por una cosa lo harán por otra —dijo Justo Jonás.

—Dejad que la Palabra de Dios corra y cambie el mundo —dijo Schurf.

—O lo destruya —comentó Justo Jonás.

—Yo aprendería a leer, aunque sólo fuera para poder entender la Biblia —dijo Jakob.

Márquez no podía creer las palabras de su amigo. Juntos habían recorrido Europa disfrutando de borracheras y visitando todos los burdeles que encontraban a su paso, ¿a qué venía ahora todo eso? Sin duda, aquel hereje era más peligroso de lo que parecía, pensó Márquez levantándose de la mesa. Salió a la calle y respiró con fuerza. Tal vez Dios le había destinado tan cerca del hereje para que él mismo lo matara. Cumplía órdenes, pero su conciencia le indicaba que aquel hombre era peligroso, que sus ideas podían destruir el mundo. Intentó centrarse en el camino que quedaba por delante. Una vez que llegaran a su destino, él mismo pediría a Federico que le enviara a otra misión.

20

Roma, 6 de mayo de 1521

—Yo soy la Iglesia. Ese maldito hereje ha llegado demasiado lejos —dijo el Papa en alto. Le pusieron el manto púrpura y observó su cuerpo hinchado por el peso y la edad. Su familia era una de las más poderosas de Italia, los Médici. Desde niño había vivido dedicado a la Iglesia y a los trece años ya era cardenal.

Se movió inquieto hasta el despacho en donde le esperaba uno de los mensajeros recién llegado de Worms. Estaba impaciente por escuchar nuevas sobre Lutero. Aquel fraile estaba causando muchos problemas.

—Santidad —dijo el hombre entregando una carta lacrada.

El Papa no la tomó, hizo un gesto y su secretario se acercó y la abrió.

—Leed, estúpido, leed –dijo el Papa poniendo su mano en la frente.

Santidad,

Los últimos acontecimientos no han podido ir más a nuestro favor, el hereje Lutero ha sido condenado y ahora se prepara un edicto de reprobación a sus ideas y doctrinas. El hereje intentó convencer al emperador con sus malas artes, pero no lo consiguió. Ahora huye hacia su madriguera en Wittenberg, pero allí tampoco logrará encontrar reposo. Santidad, le pido su autorización para conseguir apresarle con nuestros propios medios y llevarlo cargado de cadenas a Roma.

El secretario se calló y el Papa levantó la vista.

—Qué contrariedad. Pensaba que el propio emperador colgaría a esa mala bestia —dijo León X.

El cardenal Cayetano se acercó hasta Su Santidad. Llevaba años sirviéndole y conocía su lado más humano, su amor por las artes y su profunda sensibilidad, pero con el caso Lutero había llegado al límite de sus fuerzas. Cayetano creía que el Papa tenía la sensación de que la nueva herejía podía terminar con la Iglesia.

—Apresar a Lutero no debe ser muy complicado. Tenemos informadores en toda Alemania. Lo traeremos por la fuerza y después recibirá el juicio canónigo —dijo el cardenal.

—Vos escribisteis la bula de su excomunión y reaccionó quemándola. Lo único que falta por hacer es matarlo —dijo León X.

—Si tiene que morir, morirá, pero bajo mano secular —afirmó el cardenal.

—Naturalmente, pero las autoridades de Roma no dudarán a la hora de aplicar justicia —dijo el Papa.

—Tenemos que actuar con cautela, de otro modo podemos convertir a Lutero en un santo después de su muerte —indicó el cardenal.

—Eso no es nada nuevo, ¿cuántos herejes han subido a la dignidad de santos tras su muerte? —preguntó el Papa.

—Mandaremos al arzobispo de Tréveris para que organice la búsqueda —contestó el cardenal.

—Sea, no soporto por más tiempo esta enfermedad que devora a la Iglesia.

El Papa abandonó su trono y con pasos torpes se dirigió hacia los jardines del Vaticano. Él se consideraba un hombre libre, pero sabía que gobernar la cristiandad tenía sus sacrificios. En el Concilio de Letrán había promulgado la censura de los libros de Lutero y su persecución; las arcas de la Santa Sede estaban vacías por la compra de apoyos al rey de Francia y al emperador, además tenía que celebrar fiestas para contentar a los ciudadanos de Roma y a la propia curia. Ser Papa no era fácil.

Se aproximó a una de las fuentes y observó su rostro avejentado. Sus ojos saltones ahora estaban hundidos en medio de sus oscuras ojeras, cada día cogía más peso y sus médicos le habían recomendado que caminase, pero su trabajo apenas le dejaba tiempo libre. Se sentó en uno de los bancos del paseo. Se sentía solo, ese era otro de los precios de ser Papa, pensó mientras dejaba que el sol de la tarde le calentara la cara.

21

Hildes, 7 de mayo de 1521

La marcha del grupo se hizo lenta. Además, era complicado encontrar un lugar en el que descansar, pero el capitán Jakob al final siempre hallaba una solución. Lo que más le preocupaba a Juan Márquez era que en muchos de los pueblos terminaban por reconocer a Lutero. No entendía cómo aquel monje hereje era tan querido y admirado por los alemanes, pero en todas partes se hablaba de sus libros y de su enfrentamiento al emperador.

Lutero pasaba muchas horas en solitario, siempre buscaba un momento para apartarse del resto del grupo y acercarse a un riachuelo o al claro de un bosque y permanecía en oración mientras los demás comían, descansaban o charlaban. Aquel comportamiento era un quebradero de cabeza para la seguridad y, al final, el propio Márquez se quedaba a unos cincuenta pasos del monje para asegurarse de que estaba a salvo.

Mientras el monje rezaba, él se acordaba cada día más de Castilla. Un año más, se decía, y regresaría a la península. Con el dinero que tenía ahorrado podía comprar tierras y dedicar el resto de su vida a vivir de las rentas. No tenía prometida en España, pero desde hacía un año una joven de Wittenberg había llamado su atención, la hija de un zapatero acaudalado. Pero tenía sus dudas, una mujer podría terminar por atarle para siempre a Alemania y eso era lo último que quería.

Lutero se alejó del grupo y él lo siguió. Se acercó a una gran roca y escaló hasta la cima. Se mostraba ágil y decidido. Márquez se quedó en la base y esperó con los brazos cruzados mientras comprobaba la hermosa puesta de sol.

La voz entrecortada del monje llegaba hasta él en susurros. El alemán de Lutero era claro y suave, como el de un niño.

—Señor, destrúyeme a mí antes que a Alemania. Sabes cuánto amo a mi pueblo, por amor de ti mismo, no permitas una guerra. No hay ninguna doctrina que valga una gota de sangre...

Márquez se sorprendía de la familiaridad con la que Lutero trataba a Dios, como si charlara con un viejo amigo.

Cuando el monje descendió de la roca miró al español y le sonrió.

—Siento haceros trabajar tanto, pero tengo que hablar con mi Padre todos los días —dijo Lutero.

—No se preocupe, mi deber es protegerle —dijo el español secamente.

—¿Queda mucho para llegar a nuestro destino? —preguntó Lutero.

—Tres o cuatro días, calculo.

—No tengo prisa, pero mis amigos están agotados —se explicó Lutero.

—¿Ha comido algo? —preguntó el español.

—Esta mañana, cuando salimos.

—Será mejor que cene. No es bueno dormir con el estómago vacío.

Los dos hombres caminaron en silencio hasta la casa. Allí les esperaba el resto del grupo. Sus amigos estaban algo demacrados, con la barba de varios días, la piel curtida por las horas al aire libre y las ropas sucias.

—Hermano Martín —dijo Justo Jonás.

—Sí.

—Nuestro protector Jakob preguntaba sobre uno de sus libros.

—El de *A la Nobleza Cristiana de la Nación Alemana* —dijo Jakob.

—¿Lo habéis leído? —preguntó Lutero.

—No, me lo leyó un compañero, pero hay muchas cosas que no entiendo. Decís que hay que arrancar de Alemania el papado y a los clérigos que no quieren reformar a la Iglesia, incluso llamáis Anticristo al Papa pero, sobre todo, lo más confuso es el papel de los nobles en la reforma de la Iglesia.

—Los laicos tienen que hacer el trabajo que los religiosos de este mundo han decidido no hacer. Si la jerarquía únicamente piensa en sus prebendas, en sus privilegios y beneficios, entonces los príncipes deben preocuparse por la Iglesia —dijo Lutero.

Pedro Suaven frunció el ceño. Como abogado, sabía que las leyes y normas de cada estamento eran exclusivas de éste. Saltarse esos principios podía causar muchos problemas.

—Estimado Lutero, lo que nos propone es un cambio tan radical que ni el hombre ni la sociedad volverán a ser los mismos —dijo el abogado.

—Yo no lo propongo, Pedro, lo proponen las Sagradas Escrituras —indicó Lutero sonriente.

—Será mejor que partamos —afirmó el español—, todavía podemos llegar a Lahrbach.

22

Worms, 7 de mayo de 1521

—Mañana se efectuará públicamente la condena y antes de que termine el mes estará escrito el edicto —dijo Felipe de Hesse.

—Pues esta noche partiré para Sajonia —dijo Federico.

—Pero eso es un desprecio al emperador —dijo el conde Wilhem.

—Es ese joven flamenco el que no respeta nuestras libertades, su abuelo no habría puesto en duda las palabras de sus electores —dijo Federico.

—Al final, hubiera sido mejor el candidato francés —comentó Felipe.

—Pero el Papa pagó mucho dinero para que fuera Carlos, él sabía que defendería mejor sus intereses. En este asunto, el emperador ha favorecido a Roma y perjudicado al imperio. Esta noche dejaré la ciudad. No escucharé la condena y no firmaré el edicto —dijo Federico decidido.

Sus amigos sabían que era tozudo como una mula, pero aun así intentaron persuadirle. La posición del elector de Sajonia era fuerte, pero no era el primer noble alemán que perdía sus tierras a manos de un ejército imperial.

—¿Y si Lutero estuviera equivocado? —preguntó el conde de Wilhem.

—¿Equivocado? El Papa esquilma nuestras tierras con sus diezmos e indulgencias para construir su palacio, los arzobispos gobiernan sus territorios con todo tipo de despilfarros, la Iglesia coloca a niños en cargos eclesiásticos para asegurarse subsidios. ¿Quién se equivoca? —respondió Federico.

—Todo eso es cierto, pero el camino puede que no sea negar el papado, los concilios, la jerarquía y la tradición —afirmó Felipe.

—Algo nuevo está naciendo, algo que se escapa a nuestro control. El pueblo está con Lutero y hará ese cambio con nosotros o sin nosotros. Por el bien de Alemania será mejor que nos unamos para luchar contra los papistas —dijo Federico levantándose de la silla.

—¿Estás dispuesto a perderlo todo? —preguntó Felipe.

—Yo ya lo he perdido todo, ahora lo único que me resta es ganarlo todo.

23

Worms, 7 de mayo de 1521

El emperador escuchó por segunda vez la condena y se sintió satisfecho. El secretario guardó el documento y dejó solos a Carlos y Jean Glapion. Estuvieron unos segundos en silencio, hasta que el confesor se acercó al joven y le puso una mano en el hombro.

—Nunca antes un emperador se había enfrentado a los electores. La jugada es maestra, si los nobles se oponen podremos acusarles por herejes, de esa manera tendrá el poder en toda Alemania.

—Pero, si sale mal, puede que sea el primer emperador que tiene que huir y dejar vacante el trono —dijo Carlos.

—Los nobles están divididos y ahora, además, asustados. Todos pensaban que el viejo Federico os convencería, pero Lutero fue demasiado radical y se puso en contra a algunos de sus defensores. Hemos ganado esta batalla —señaló el confesor.

—Tenemos a los turcos muy cerca de Austria, a Castilla revuelta, Valencia al borde de una guerra civil y nuestros enemigos franceses a punto de invadir Italia. Necesitamos la paz en Alemania —dijo el emperador.

—La paz es sólo posible si todos se someten a vuestra autoridad, de otra forma, en cuanto regreséis a España, la herejía se extenderá y perderemos Alemania para siempre.

—Lo entiendo Jean, pero mi abuelo apreciaba mucho a Federico. Además, es mejor tenerlo como amigo que como enemigo. Puede levantar a media Alemania contra nosotros —dijo Carlos.

—¿Federico? Ese viejo huirá de Worms como su rata. Se cree a salvo en Sajonia, pero los tentáculos de la Iglesia son muy largos —dijo el confesor.

—¿A qué os referís?

—Con una orden suya podríamos envenenarlo. El pobre viejo descansaría en paz y Sajonia pasaría directamente bajo el control del emperador.

Carlos se puso en pie de repente. No le gustaban las insinuaciones de su confesor. Él era un guerrero, dispuesto a matar y morir en el campo de batalla, pero ¿cómo podía sugerirle una manera tan vil de acabar con sus enemigos? Además, él no consideraba como un enemigo a Federico.

—No, una cosa es eliminar a un monje rebelde y otra muy distinta a un príncipe, aún tenemos honor. Federico entrará en razón, si no será confinado en sus tierras. La última opción es la guerra. No podemos permitirnos presentar nuestras debilidades frente a los turcos —dijo el emperador.

—Se hará como Vuesa Majestad disponga —dijo el confesor.

—¿Sabemos algo de Lutero? —preguntó el emperador.

—Nuestros hombres le siguen de cerca, no tardarán mucho en apresarle.

—Si se resiste, que lo maten allí mismo. Prefiero que muera de manera anónima. Un juicio y una muerte pública podrían levantar a media Alemania —afirmó el emperador.

—Daré la orden a sus hombres —dijo el confesor.

—Quien evita la ocasión, evita el peligro —indicó el emperador en francés.

—Sí, Majestad.

El joven pidió al confesor que se retirase y se dispuso a cenar solo. Era uno de los pocos placeres a los que no había renunciado en Alemania. Recordaba a su Germana de Foix, cuántos buenos momentos habían pasado en España. Era la esposa de su abuelo Fernando, pero la pasión era algo que nadie podía controlar, ni siquiera el hombre más poderoso del mundo.

24

Dermbach, 8 de mayo de 1521

La abadía se erguía al lado del pueblo. Decidieron acercarse para pedir algunas provisiones y continuar viaje hasta la noche. Se encontraban muy cerca de su destino, pero todavía estaban en Turingia y hasta que se encontraran en Sajonia podían detenerles y devolverles a Worms.

A las puertas de la abadía, que había sido castillo y sede episcopal, Frank bajó de su montura y se introdujo en el edificio con dos hombres, el resto descansó en el prado delantero del gran edificio. Un par de minutos más tarde, Frank apareció con el abad y muchas provisiones. En cuanto el religioso vio a Lutero se acercó a él con una sonrisa.

—Doctor Lutero, qué gran honor teneros en esta humilde casa. Hemos leído sus libros y admiramos su valentía —dijo el abad.

—Muchas gracias por sus palabras, pero yo sólo soy un siervo como usted —contestó Lutero.

—Sería un honor que tomarais el púlpito esta tarde, nuestros monjes y el pueblo entero estarían deseoso de oíros —dijo el abad.

—No puedo...

Lutero tenía prohibido predicar y enseñar por orden imperial, si lo hacía se arriesgaba a desobedecer una vez más a las autoridades.

—Necesitamos escuchar sus palabras, doctor Lutero —dijo el abad.

—No quiero retrasar el camino de mis compañeros —contestó Lutero señalando al resto.

Sus amigos le animaron a que hablara, pero Juan Márquez, con el ceño fruncido, se acercó a él y le dijo:

—No podemos perder una tarde entera. Además, correrá el rumor de que estamos por esta región. Lo más prudente es seguir nuestro camino, en poco más de un día llegaremos...

Jakob le interrumpió. Estaba deseoso de escuchar a Lutero y se puso del lado del abad.

—Un par de horas no nos harán avanzar mucho —dijo Jakob.

—Está bien —contestó Lutero—, pero necesito descansar y meditar un poco.

—Puede usar mi celda y mis libros —dijo el abad.

El grupo entró en la abadía y disfrutó de la hospitalidad de los monjes. Mientras, Lutero oraba en la celda del abad. A pesar de sus oraciones, ignoraba que sus enemigos estaban más cerca de lo que él creía.

25

Dermbach, 8 de mayo de 1521

Los hombres del emperador observaron la abadía. Estaban impacientes por atacar a los hombres del elector antes de que entraran en Sajonia, pero únicamente les quedaba una oportunidad. Aquel pueblo parecía una buena opción, pero la abadía era un castillo y a sus enemigos les hubiera resultado fácil defender la plaza contra unas fuerzas tan pequeñas.

—Uno de nuestros hombres entrará en la abadía cuando comience la misa, intentará eliminar al hereje, el resto cubriremos su huida —dijo Felipe Diego de Mendoza.

—Pero eso es mandar a uno de nuestros hombres a la muerte —protestó un soldado.

—Para eso nos pagan, para morir y obedecer órdenes —contestó Felipe Diego de Mendoza enfadado.

—¿Y si falla? No conocemos la abadía ni el castillo. Lutero estará protegido en todo momento —replicó el soldado.

—Hay dos instantes que podemos utilizar fácilmente. El primero es antes de que Lutero entre en la capilla; seguro que se vestirá en la parte de atrás. También podemos intentar algo cuando termine; todo el mundo querrá hablar con él y podremos acercarnos más —dijo Felipe Diego de Mendoza.

—Puede que sea mejor después de la misa. Un hombre se acerca hasta él y le apuñala. La gente se dará cuenta cuando el hereje se caiga en el suelo. No será difícil escapar entre la multitud.

—Bien, esperaremos a que la gente se aproxime hasta la abadía y entraremos vestidos con hábitos para esconder nuestras armas —dijo Felipe Diego de Mendoza.

Media hora más tarde, los primeros fieles cruzaron las puertas de la abadía y comenzaron a llenar el patio. Se había corrido la voz de que Lutero estaba allí y decenas de personas de todos los alrededores venían a escucharlo.

Juan Márquez intentaba escrutar a todas las personas que entraban en la capilla, pero era casi imposible. Si los enemigos de Lutero querían matarlo, ese era el mejor momento, pensó mientras escuchaba el sonido del gran órgano dentro de la iglesia.

26

Wittenberg, 8 de mayo de 1521

Aquel día llegaron buenas y malas noticias. Algunos de los participantes en la Dieta de Worms habían regresado y aseguraban que Lutero había salido por su propia voluntad de la ciudad, pero lo que no entendía Nicolaus Hausmann era por qué estaban tardando tanto. La mala noticia era que el emperador quería firmar un edicto condenando a Lutero y sus doctrinas. Al parecer, el propio príncipe Federico abandonaría Worms antes de que el edicto se firmara.

Nicolaus Hausmann se dirigió hacia la catedral y observó preocupado cómo un grupo de estudiantes se agolpaba frente a las puertas. A su lado se amontonaban varias estatuas de santos y vírgenes, algunos cuadros y reliquias.

—¿Qué sucede? —preguntó Nicolaus Hausmann.

—¡Esos malditos papistas no nos engañarán por más tiempo! —gritó uno de los cabecillas.

—No podéis destruir esas figuras. No os pertenecen, los canónigos son los que tienen que decidir si las retiran o no —dijo Hausmann.

—No queremos más sacerdotes, Dios es el único que gobierna la Iglesia y todos los creyentes somos reyes y sacerdotes. En la Biblia se condena la idolatría.

—También se condena el robo, el asesinato y el insulto. Será mejor que devolváis todo adentro. En unos días estará de regreso el doctor Martín Lutero, él nos aconsejará qué es lo mejor —dijo Nicolaus.

—¿Lutero? Le han matado esos papistas —dijo uno de los estudiantes.

—Eso no es cierto. Tengo noticias de que logró escapar y que se dirige aquí. No creo que tarde mucho en llegar —dijo Nicolaus Hausmann.

El grupo de estudiantes se quedó confundido. Amaban y temían a Lutero. Su profesor les había descubierto un mundo nuevo de fe y esperanza, pero también era un profesor severo y recto. En ese momento media docena de soldados se acercaron a las puertas de la catedral.

—¿Qué sucede? —dijo el sargento.

—Nada, estos muchachos van a devolver todo a su sitio. Se ha tratado de una simple confusión —dijo Nicolaus Hausmann.

Los jóvenes recogieron los objetos y los devolvieron a sus sitios. Afortunadamente, no había habido desperfectos y los canónigos se limitaron a refunfuñar sin denunciar a los chicos.

Nicolaus Hausmann comenzó inquieto la homilía. Cada vez era más difícil contener las posturas más fanáticas. Aquella multitud era una turba descontrolada, que no tenía pastor. Cualquiera podía encender la chispa y desatar una persecución contra los religiosos y los sacerdotes que se resistían a aceptar las ideas reformadas. Entonces perderían el favor de Federico y el resto de los príncipes y sus sueños de ver la Iglesia reformada se convertirían en un nuevo intento fallido. Lutero tenía que regresar cuanto antes, pensó Nicolaus Hausmann justo antes de subir al púlpito de la catedral.

27

Dernbach, 8 de mayo de 1521

Una vez en el púlpito, Lutero se agarró a los bordes de madera y observó a la congregación. Había gente de diferente condición. Los primeros asientos los ocupaban campesinos adinerados y comerciantes, después granjeros, algunos médicos y abogados, braceros y pequeños campesinos, y los últimos de todos, la gente más pobre de los alrededores. El monje tomó la Biblia en latín y leyó un texto de la Epístola de Romanos, capítulo 4, versículos trece al dieciséis.

Porque no por la ley fué dada la promesa á Abraham ó á su simiente, que sería heredero del mundo, sino por la justicia de la fe. Porque si los que son de la ley son los herederos, vana es la fe, y anulada es la promesa. Porque la ley obra ira; porque donde no hay ley, tampoco hay transgresión. Por tanto es por la fe, para que sea por gracia; para que la promesa sea firme á toda simiente, no solamente al que es de la ley, mas también al que es de la fe de Abraham, el cual es padre de todos nosotros.

La multitud escuchó las palabras traducidas del latín. Estaban sorprendidos, como si se abriera ante ellos un mundo nuevo.

«Si Abraham, que fue el padre de la ley, fue salvado no por las obras de la ley, sino por creer a Dios y salir de su tierra hacia una que desconocía, ¿No seremos nosotros también salvados por esa misma gracia? Ninguno de nosotros puede cumplir la ley, porque aunque cumplamos todos sus preceptos, con que desobedezcamos uno ya nos convertimos en transgresores de la ley. Por tanto, es por la fe, para que la promesa sea firme. De otra forma estaríamos condenados por siempre...»

Mientras las palabras de Lutero inundaban el recinto, uno de los hombres del emperador había logrado subir al coro y preparar su ballesta. Desde aquella distancia podía atravesar el corazón del hereje sin miedo a equivocarse. Afortunadamente, el púlpito era elevado, lo que facilitaba la puntería. El soldado cargó la flecha y tensó la cuerda. Apuntó y esperó a recibir la señal convenida.

Juan Márquez no dejaba de pasear por los pasillos y escudriñar cada gesto, cada movimiento, pero no había visto nada sospechoso. Se aproximó a los pies del púlpito y tuvo una panorámica general de toda la capilla. Los rostros de todos parecían extasiados ante las tiernas palabras del agustino. Todo estaba en calma. Después levantó la vista y observó las vidrieras y la cúpula encima de su cabeza. Percibió un movimiento entre los asistentes, un brazo que se movía rápidamente. Alzó la vista y observó la punta de una ballesta. Alguien estaba a punto de disparar contra Lutero.

28

Dermbach, 8 de mayo de 1521

«Si la fe es el vehículo para la salvación, ¿para qué sirven las indulgencias, las penitencias, las peregrinaciones, las confesiones, los sacramentos? —preguntó Lutero. Permaneció unos segundos callado y continuó—. Para nada, únicamente para aumentar las arcas del Papa. La Iglesia está levantando en Roma el más suntuoso palacio que se haya construido jamás. Dicen que es para la gloria de Dios, pero Dios dice en su Palabra que Él no habita en edificios hechos por manos de hombres».

Juan Márquez no sabía qué hacer. Era imposible que llegara a tiempo al coro para impedir el disparo, pero si intentaba ascender al púlpito, el soldado dispararía la ballesta. Miró a su alrededor y se fijó en el gran libro del coro.

El soldado miró a Lutero y tocó ligeramente la cuerda tensada, la flecha salió de la ballesta y se dirigió directamente hacia su objetivo. Juan Márquez lanzó el libro del coro por los aires y la flecha se hincó en medio de sus páginas, cayendo después con un gran estruendo en el suelo. Nadie entendía lo que había sucedido, ni por qué aquel soldado había lanzado el libro del coro al aire, pero en ese momento Lutero vio al ballestero y comenzó a bajar las escaleras del púlpito. La multitud se precipitó hacia la salida. El soldado cargó de nuevo la ballesta e intentó por segunda vez matar a Lutero, pero Márquez le lanzó al suelo. Después corrió por encima de los bancos y de un salto se agarró al balcón del coro. Ascendió por la balaustrada y antes de que el soldado lograra huir se lanzó sobre él. Los dos hombres forcejearon, el soldado logró soltar la ballesta y sacar un cuchillo, pero Márquez detuvo su mano. Le apretó la muñeca y el cuchillo se cayó al suelo. Después le golpeó varias veces hasta que le dejó inconsciente. Cuando miró de nuevo a la capilla, dos de sus hombres protegían a Lutero. La iglesia estaba completamente vacía.

—¡Lo ha matado? —preguntó Lutero desde abajo.

—No —contestó Márquez confundido.

—Gracias a Dios —dijo Lutero.

Márquez frunció el ceño. Aquel maldito hereje no parecía preocupado por su seguridad, ni siquiera porque él hubiera arriesgado su vida. Lo único que parecía preocuparle, pensó, era cómo se encontraba su asesino.

29

Deembach, 8 de mayo de 1521

Cuando lograron recuperar la calma, los hombres de Jakob y Juan Márquez aseguraron las salidas de la capilla. El español bajó a rastras al asesino y lo dejó en el pasillo central. Varios hombres se acercaron.

—¿Quién eres? —preguntó Márquez tomando al soldado de la pechera.

El joven estaba aturdido y temeroso. Levantó la vista, sus grandes ojos negros suplicaban un perdón que se negaban a expresar sus labios.

—¡Responde, maldita sea! —gritó Márquez.

Lutero se aproximó. Se acercó al prisionero y con gesto bondadoso le ofreció la mano. Varios de los escoltas se interpusieron.

—¿Qué hace, doctor Martín? Este hombre podría matarle con un solo dedo —dijo Márquez enfadado.

—Mi vida está en manos de Dios, nadie puede tomarla si Él no quiere.

—Su vida está ahora en mis manos. Si no hubiera intervenido ahora estaría muerto —dijo Márquez.

—Usted ha sido un instrumento. ¿No lo comprende? Todos nosotros seguimos un plan dirigido por Dios —respondió Lutero.

—Llévense al doctor Martín. Así no podemos interrogar al asesino —indicó Jakob.

Lutero se retiró con dos hombres fuera de la capilla. Márquez apretó el pecho del soldado y este comenzó a hablar.

—No me mate. Lo único que hacía era cumplir órdenes del emperador —suplicó el soldado.

—¿Cuántos sois? —preguntó Jakob.

—Apenas seis hombres —contestó el prisionero.

—¿Quién está al mando? —preguntó Márquez.

—Felipe Diego de Mendoza —contestó el soldado.

—Mendoza de nuevo. Ese tipo no se rinde jamás —dijo Jakob.

—Seis hombres son muy pocos. ¿Cuáles son los planes de Mendoza? —preguntó Márquez.

—Ha enviado un mensajero a Worms. Pretendía seguiros hasta vuestro escondite y atacar cuando recibiera refuerzos, pero vio que esta era una buena oportunidad y la aprovechó —confesó el soldado.

Márquez soltó al joven. La armadura retumbó contra el suelo de piedra.

—¿Qué hacemos con el prisionero? —preguntó Jakob.

—No podemos hacer prisioneros. Que se lo quede el alguacil —contestó Márquez.

Dos hombres se llevaron al joven. Jakob y Márquez se quedaron solos unos instantes.

—El emperador no se rendirá —dijo Jakob.

—Tenemos que poner en marcha un plan, Mendoza nos seguirá hasta las puertas del infierno si es necesario —acotó Márquez.

—Tú dirás.

—Tenemos que ser astutos. Llama a todos los hombres para que les expliquemos el plan.

Márquez sabía que aquella era la única oportunidad que tendrían. Si los hombres del emperador descubrían el escondite de Lutero, estaría perdido. Cuando el resto del grupo comenzó a escucharle, el español explicó en breves palabras cuál era su plan.

30

Dernbach, 8 de mayo de 1521

El grupo salió de la ciudad a toda prisa. Esperaban llegar a su destino en menos de cuarenta y ocho horas. Aquella noche dormirían a la intemperie, aunque la mayoría de ellos estaban demasiado nerviosos para poder descansar.

La escolta rodeaba completamente a los amigos de Lutero. No querían arriesgarse a que en mitad de la noche uno de los hombres de Mendoza secuestrara a uno de los protegidos.

Después de varias horas de viaje llegaron a Eisenach, tomaron nuevas provisiones y cambiaron los caballos. Por la mañana llegarían a Erfurt, allí descansarían un poco antes de dirigirse a Halle.

El camino se hizo muy pesado. La lluvia lo invadía todo y tenían calados hasta los huesos. Justo Jonás se quejó varias veces, pero al final todos se conformaron con llegar pronto a su destino.

Los hombres de Felipe Diego de Mendoza seguían al grupo de cerca. Habían perdido a uno de sus hombres, pero habían estado muy cerca de conseguir su objetivo. Lo intentarían de nuevo en cuanto tuvieran una nueva oportunidad.

Cuando el grupo llegó a Erfurt por la mañana, pidieron unas habitaciones para descansar unas horas y cambiarse las ropas mojadas. Aquel largo viaje se había convertido en una verdadera pesadilla para todos. Jakob mandó una carta al príncipe Federico explicándole su situación y, antes de continuar viaje, todos tomaron una reconfortante comida caliente. En unas horas estarían en casa.

31

Dermbach, 9 de mayo de 1521

Márquez esperó un día encerrado con Lutero en el monasterio antes de comenzar viaje. De esa forma, sus enemigos estarían lejos cuando Lutero y él emprendieran el corto camino que les quedaba hasta el castillo de Wartburg en las proximidades de Eisenach.

Cabalgaron en silencio en plena noche. Lutero estaba agotado física y emocionalmente. No se quejaba, pero veía inútil esconderse. No podía pedir a Alemania que se enfrentara al papado, mientras él estaba escondido en un agujero como una rata. Sabía que era lo más prudente y que el príncipe Federico lo hacía por su bien, pero aquello no dejaba de ser una actitud cobarde.

Vestía ropas de caballero por primera vez desde que había tomado las órdenes agustinas. Se sentía desnudo sin el áspero hábito de monje, pero lo peor de todo era la incertidumbre de qué le sucedería a sus amigos y, sobre todo, qué pensarían sus alumnos cuando no apareciera en Wittenberg.

Cuando llegaron a Eisenach evitaron pasar por el pueblo y marcharon directamente hacia el castillo. En cuanto giraron por el camino, la gran mole de piedra apareció en el horizonte. La gran torre central estaba flanqueada por una parte más baja con tejado de pizarra. Parecía un lugar acogedor a pesar de tratarse de un castillo. Los bosques rodeaban por completo el edificio, que se cernía sobre un precipicio de más de cuatrocientos metros.

Cuando llegaron a las puertas del castillo, varios soldados les recibieron, tomaron el equipaje y llevaron a Lutero a sus habitaciones en la torre. El sitio más seguro del castillo.

—Ésta será su casa —dijo uno de los guardianes.

Lutero miró la habitación. Las paredes estaban forradas de madera oscura, había un escritorio, una estantería con libros y una cama. No necesitaba nada más. Después miró a Márquez y le extendió la mano.

—Gracias por protegerme.

El español hizo un gesto con la cabeza, pero no le dio la mano.

—Era mi trabajo. Me quedaré unos días hasta que alguien venga a relevarme. Recuerde que ahora es el caballero Jorge, no es monje y está aquí para recuperarse de una enfermedad.

—Yo no sé mentir.

—No hará falta, será suficiente con que no se deje ver mucho —respondió secamente el español.

—Lo haré por no causarle más problemas al príncipe Federico ni a usted. ¿Podré estar en contacto con mis amigos?

—Sí, pero no podrá dar detalles de dónde se encuentra ni contar ninguna circunstancia de su vida cotidiana, con la que sus enemigos pudieran localizarle.

—No se preocupe —dijo Lutero—. Necesitaré algunos libros.

—Haga la lista e intentaré conseguirlos.

—Gracias —dijo Lutero. Después observó el paisaje por la ventana.

Márquez se dirigió a la puerta y antes de cerrarla le dijo:

—¿Necesitáis alguna cosa más?

—No, muchas gracias por todo.

Cuando Lutero se quedó solo, no pudo evitar que la angustia le invadiera. Había llegado hasta allí, pero aún se preguntaba para qué Dios le había conservado la vida. Él creía que ya había cumplido su misión. Tendría varios meses para descubrirlo, pensó mientras miraba aquellas cuatro paredes, que no dejaban de ser una cárcel.

PARTE 2

*Un escondite
perfecto*

32

Worms, 10 de mayo de 1521

—¿Cuándo expira ese maldito salvoconducto? —preguntó el emperador Carlos visiblemente alterado.

El secretario notó cómo le temblaba la voz, pero intentó parecer firme.

—El día 15 de mayo.

—¡Maldita sea! Quiero que le maten, de cualquier forma o en cualquier sitio. No deseo que haya juicio ni convertirlo en un mártir, que todo el mundo piense que ha sido un fanático papista o un ladrón, pero lo quiero muerto. No podemos permitir que ese hereje divida Alemania en un momento como éste —dijo el emperador.

—Se hará como deseáis.

—¿Han llegado noticias de nuestros hombres?

—Sí, Majestad. En dos ocasiones han estado a punto de echar mano al hereje, pero su padre el diablo lo ha protegido —dijo el secretario.

—Maldición.

—Sus amigos y un grupo de mercenarios llegaron a Worms hace un día, pero él no estaba entre ellos. Nuestros hombres vigilarán toda la región hasta dar con Lutero —señaló el criado.

—Necesitamos que sea algo rápido, antes de que se extienda más la herejía. ¿Cómo va el edicto?

—Falta aún consenso, Majestad —dijo el criado.

—¿Por qué falta consenso? Federico ya no está en Worms.

—El resto de los príncipes quieren que se suavicen algunas afirmaciones y que el texto deje abierta la posibilidad de una futura reconciliación.

—¡Serás estúpido! Voy a tener que hacerlo todo yo mismo. Quiero una condena unánime para Lutero y todos los que sigan sus doctrinas, sean príncipes o villanos. ¿Entendido?

—Sí, Majestad.

Carlos le arrojó el documento al secretario y éste se apresuró a recogerlo del suelo.

—Seré inflexible. Dígaselo a esos príncipes herejes —advirtió el emperador señalando al secretario con el dedo índice.

33

Wittenberg, 10 de mayo de 1521

—Lutero ha muerto. Sin duda le han emboscado en alguna parte del camino —dijo Pedro Suaven a sus amigos.

Todos se habían reunido en casa de Melanchthon. Desde el día anterior se había extendido el rumor de que el monje estaba muerto. Lutero y su guardián habían desaparecido un par de días antes, muy cerca de Dermbach, y desde entonces nadie los había vuelto a ver. Justo Jonás y Schurf se sentían realmente afectados. No debían haberse permitido separarse de su amigo, era preferible que murieran juntos a que Lutero fuera asesinado por unos vándalos en mitad del bosque.

—Debemos confiar en Dios —aconsejó Melanchthon.

—Sí, pero por desgracia el hombre sigue operando en el mundo. El emperador quería ver muerto a Lutero y lo ha conseguido —afirmó Justo Jonás.

—No desmayemos. Nadie sabe lo que ha ocurrido y quizá todo se deba a un rumor. Si Lutero está vivo se pondrá en contacto con nosotros. Le conozco demasiado bien y no dejará solo a su rebaño —comentó Melanchthon.

—Se necesita más que nunca su presencia. Hay muchos que, aprovechando su ausencia, intentan predicar un evangelio distinto —dijo Hausmann.

—Lo mismo que le sucedió a Moisés cuando subió al Sinaí y los israelitas se hicieron su propio dios —indicó Justo Jonás.

—La cosa no es tan preocupante. El príncipe Federico llegará en breve y los soldados han conseguido mantener el orden hasta ahora —dijo Melanchthon.

El profesor Melanchthon sirvió un poco de vino a sus amigos para intentar calmarlos. En los últimos días, las lluvias habían alterado la vida normal de la ciudad y todos parecían cabizbajos. Se esperaba un edicto muy duro de la Dieta y nadie sabía cuál sería el próximo paso del emperador o del Papa. Melanchthon no descartaba una guerra, pero eso le llenaba de dudas. ¿Era esa la voluntad de Dios? ¿Acaso una guerra era la mejor manera de defender su causa? Se preguntó mientras sus propias dudas comenzaban a atenazarle el corazón. Si al menos Lutero estuviera con ellos.

34

Castillo de Wartburg,
10 de mayo de 1521

Los bosques le traían recuerdos de su infancia. No había sido un niño muy feliz, a pesar de la prosperidad de sus padres. Desde pequeño había estado fuera de casa y la relación con su padre había sido siempre fría y distante. Estaba acostumbrado a estar solo, aunque era consciente de que Dios nunca le abandonaba. Sentía su presencia mientras comía el pan con queso de por las mañanas, en sus almuerzos solitarios y a la hora de la oración. Una de las cosas que había descubierto Lutero en los últimos años era que Dios no se encontraba en los actos solemnes, en los cultos adornados con magníficos ornamentos o en los grandes coros de voces. Dios estaba ante todo en el silencio. ¿Por qué se movía en el silencio? Era una pregunta que no lograba explicar. Tal vez era porque en el silencio la conciencia se activaba y comenzaba un diálogo mudo con uno mismo y con Dios.

Se levantó del escritorio y examinó sus libros. En dos días los había leído todos. La mayoría en realidad los había releído varias veces. Miró la lista de libros que había escrito y volvió a dejarla sobre el escritorio.

¿Por qué Dios le había llevado a ese exilio? ¿Cuáles eran sus planes? Primero había tenido que luchar contra hombres como si se enfrentara a leones, después recorrer Alemania como un forajido, con el corazón inquieto y el peligro acechándole en cada esquina, y ahora se encontraba completamente solo, a los pies de Dios, paralizado por el temor, la angustia y la melancolía.

¿Qué quería Dios de él? Se preguntó una vez más.

Después miró de nuevo al papel con la lista de libros y tuvo el impulso de añadir el Nuevo Testamento griego de Erasmo de Róterdam y un par de diccionarios de griego. Lo que el pueblo alemán necesitaba no era un Lutero, sino miles de ellos. Uno en cada casa. Cada alemán debía ser su propio Lutero y descubrir por él mismo las profundidades de los secretos de Dios, pero para ello debía leer la Biblia en el idioma de los tenderos, de los campesinos y los soldados.

Se sentó emocionado en el escritorio y puso un título a la hoja: *Sagradas Escrituras. Nuevo Testamento*.

En ese momento entró una bella jovencita al aposento. Lutero se asustó y la joven dio tal respingo que casi tiró la ropa de cama que llevaba en las manos.

—Perdone, caballero Jorge, pero tengo que cambiarle la ropa de cama.

—No hace falta. Por favor, deje las sábanas ahí, luego cambiaré yo la cama —dijo Lutero.

—Pero...

—Le he dicho que deje la ropa en la silla —dijo Lutero enfadado.

La criada dejó rápidamente la ropa y se dirigió a la salida. Lutero se arrepintió de su brusquedad, pero no estaba muy acostumbrado a tratar con mujeres.

—Lo lamento —dijo antes de que la mujer cerrara la puerta. Ésta inclinó levemente la cabeza y se marchó.

Lutero escuchó los pasos por la escalinata de la torre. En aquel momento fue consciente de lo que su antigua vida le había robado. Se quedó pensativo unos instantes y después retomó la pluma y comenzó a escribir las primeras palabras del libro de Mateo de su vieja Biblia en latín.

35

Roma, 12 de mayo de 1521

León X se sentía satisfecho. El edicto que el emperador estaba preparando condenaba las ideas de Lutero y sus seguidores. Por lo menos uno de sus quebraderos de cabeza parecía solucionarse, aunque no era el tema que más le preocupaba. Su deseo era organizar una cruzada contra el turco que asediaba Hungría, que en cualquier momento podía atacar Sicilia o la propia Italia.

Tomó la carta del emperador del escritorio y se dirigió a su secretario. Aquella condena a Lutero le había costado muy cara, ahora quedaba la parte más difícil, apresar al hereje y condenarlo. No confiaba mucho en la capacidad del emperador para ejecutar sus propias órdenes en Alemania. Los germanos eran un pueblo tozudo, que no se dejaba doblegar con facilidad. Mientras Federico de Sajonia protegiera a Lutero, la orden no se ejecutaría. Por eso, León X sabía que ahora lo mejor era presionar al príncipe. Si éste cedía, Lutero estaba perdido.

Dejó por unos momentos la carta sobre la mesa y se acercó de nuevo al ventanal. Unos peones construían a marchas forzadas el escenario en la plaza. Aquella semana se realizarían varias fiestas para celebrar la elección de los nuevos cardenales. Algunas voces de la Iglesia se habían levantado contra su forma de elegir miembros de la curia. Otros criticaban los costosos festejos que organizaba, pero él no era un palurdo romano, era un Médici y tenía que estar rodeado de belleza, arte y felicidad. No creía en la Iglesia austera y pobre que muchos defendían. Si la Iglesia era la representación de Dios en la tierra, tenía que reflejar toda su gloria, pensaba.

Se dirigió de nuevo al escritorio y tomó la pluma. Aquella carta era secreta y cuanta menos gente la viera mejor. Cerró el papel, lo lacró y llamó a uno de sus siervos.

—Quiero que salga inmediatamente esta carta para Girolamo Aleandro.

El criado tomó el sobre y salió del cuarto después de hacer una reverencia. León X se quedó pensativo. No le gustaban aquel tipo de cosas, pero la Iglesia era lo primero.

36

Castillo de Wartburg,
13 de mayo de 1521

Tres días había tardado Juan Márquez en regresar con sus libros. No parecía mucho tiempo, pero para una persona encerrada era toda una eternidad. No veía a nadie, excepto a la joven que le llevaba la comida cuando Márquez no estaba. Apenas distinguía a algún ser humano desde su ventana y por ahora nadie se había llevado las cartas que había escrito a sus amigos. La sensación de aislamiento aumentaba a medida que pasaban los días.

Ahora tenía una misión que cumplir. Todo ese tiempo lo emplearía en traducir la Biblia al alemán, pero sin las herramientas necesarias era imposible.

En los últimos días, la oración no le consolaba. Dios le había mostrado los peligros en los que se encontraba Alemania, pero él sólo quería disfrutar de los pequeños placeres de la vida cómoda del castillo, escapar como Jonás de Nínive, negarse a cumplir su misión, pero Dios le volvía a hablar y caía nuevamente rendido entre lágrimas.

Apenas tenía noticias del exterior, sabía que Federico ya no estaba en Worms y que el emperador pretendía condenarle, pero aparte de eso ignoraba la situación de sus amigos y de la Iglesia en general.

Sus dolores de tripa eran cada día más fuertes. La tensión de las últimas semanas le había destrozado por dentro, pero la soledad apenas había logrado calmarle.

Justo cuando parecía que ya no iba a soportarlo por más tiempo, Juan Márquez entró en el cuarto.

—Doctor Martín, siento no haber venido antes, pero necesitaba recibir instrucciones del príncipe Federico. Pensaba que pondría a otro hombre para su cuidado, pero el príncipe prefiere que siga yo a su lado —dijo Márquez sin mucho entusiasmo.

—Lamento tenerle encerrado conmigo en esta isla de Patmos. Mi retiro es duro, aunque en cierta manera elegido, pero usted está en el mejor momento de la vida y pierde el tiempo con este teólogo loco —señaló Lutero.

—Cumplo órdenes, los soldados nos limitamos a obedecer.

—Eso es lo que más admiro de ustedes; los cristianos somos también soldados, pero muchas veces no obedecemos a nuestro capitán —dijo Lutero después de suspirar.

—¿Tiene todos los libros que necesita?

—Nunca son suficientes, pero con los que me ha traído puedo comenzar el trabajo.

—Me alegro —dijo Márquez.

El capitán se aproximó a la ventana y observó la bruma que subía del bosque. Aquel paisaje era melancólico, pero muy bello. Echaba de menos el sol de España, pero pronto volvería allí.

—Al menos, nadie sabe que estamos aquí. Hemos logrado despistar a todos sus enemigos —dijo Márquez.

—¿Enemigos? No tengo enemigos y, los que lo son, no luchan contra Lutero, lo hacen contra Dios.

—El caso es el mismo, quieren matarlo.

—Mi vida no me pertenece —dijo Lutero en tono bajo.

—A ninguno nos pertenece, doctor.

El capitán, cabizbajo, salió de la sala. Lutero le producía sentimientos encontrados. Le consideraba un hereje y una marioneta de Federico para no ceder ante el emperador, pero también un hombre sincero. Aquella disposición a morir por una causa le admiraba. Él era un mercenario y le daban igual las intenciones de aquellos que le pagaban, se limitaba a alquilar su espada al mejor postor.

37

Castillo de Wartburg,
15 de mayo de 1521

La joven criada se detuvo al pie de la torre con su cesta de ropa. No le gustaba llevarle nada al misterioso caballero que se alojaba allí. Todos hablaban de él, pero nadie le conocía. Se pasaba el tiempo escribiendo y leyendo, pero parecía un hombre atormentado, un huido de la justicia.

Ascendió los escalones con dificultad, eran muy grandes y llegaba sin aliento a la parte más alta. Mientras ascendía aquel día las escaleras, se cruzó con el apuesto capitán que cuidaba del caballero. Era español, tenía el pelo negro y unos bonitos ojos marrones. Su piel era muy blanca y destacaba detrás de la barba fina y negra de su rostro. Ella no podía evitar sonrojarse cada vez que se cruzaba con él, bajaba la mirada e intentaba acelerar el paso. El corazón parecía salírsele del pecho.

—Buenos días —dijo Márquez. Era la primera vez que pasaba tan cerca de la muchacha y notó que ésta se sonrojaba.

—Buenos días —contestó la chica sin levantar la mirada.

Siguió subiendo las escaleras y cuando entró en el cuarto vio al caballero de mejor humor. Le permitió hacer la cama e incluso se dirigió a ella varias veces.

—No tendría que tomarse tantas molestias —dijo Lutero—, yo sé hacer la cama. En el sitio del que vengo, cada uno tiene que cuidarse él mismo.

—Es mi obligación.

—¿Vives en el pueblo?

—Sí, señor.

—Al menos puedes ver a más gente. ¿Qué día hay mercado?

—Los martes, señor Jorge.

—Me gustaría ir un día. Me imagino que se reúnen personas de toda la comarca.

—Sí, es uno de los mercados más importantes, pero si necesitáis algo yo puedo comprarlo.

—No, tengo todo lo que necesito. Simplemente quiero escuchar cómo habla la gente —dijo Lutero.

—¿Cómo habla la gente? —preguntó la criada extrañada.

—Quiero escribir un libro que todos puedan entender y para eso necesito escuchar las palabras que utiliza la gente en su vida cotidiana.

La joven frunció el ceño. Realmente aquel caballero era muy extraño.

—¿Sabes leer?

—No señor —dijo la criada terminando de hacer la cama.

—¿Te gustaría aprender?

—Ninguna mujer de mi familia sabe leer, ¿para qué puede servirme?

Lutero rió con ganas. Aquella joven era más despierta de lo que parecía.

—Verás el mundo de otra manera.

—¿Usted lo ve de otra manera?

—Imagino que sí.

—¿Es mejor o peor? —preguntó la joven.

—Peor —contestó Lutero.

—Entonces prefiero seguir ignorando —dijo la joven con una sonrisa.

—También uno descubre cosas muy bellas, puedes encontrar a Dios.

—¿A Dios? No me hacen falta los libros para encontrar a Dios. Simplemente tengo que abrir los ojos cada mañana y contemplarlo en la hermosura de estos bosques.

—En eso también tienes razón —dijo Lutero.

—Le dejo, tengo que hacer.

—Ve con Dios...

—Mi nombre es Elisabeth.

—Como la tía de María.

—¿Qué María? —preguntó la chica extrañada.

—La madre de Jesús.

La joven volvió a sonreír y bajó las escaleras más contenta. Aquel caballero le parecía ahora más interesante que antes, por lo menos sabía hacer algo más que mirarla enfadado y leer.

38

Wittenberg, 17 de mayo de 1521

El joven llegó a la ciudad justo antes del amanecer. Cabalgaba sobre un caballo alazán y vestía un hermoso traje de terciopelo color burdeos. Se apeó del caballo y se dirigió al edificio de la universidad. Las clases se habían retomado unos días antes, la mayor parte de la ciudad había perdido la esperanza de ver vivo a Lutero y parecía que la vida volvía de nuevo a la normalidad.

El joven se inscribió en las clases de griego del profesor Melanchthon y en un par de asignaturas más. Después buscó una posada agradable donde alojarse. Los colegios mayores estaban repletos de alumnos y era muy difícil encontrar plaza a aquellas alturas del curso.

Al día siguiente acudió a la clase de Melanchthon. Cuando ésta terminó se acercó al profesor para presentarse.

—Estimado maestro, permítame que me presente. Mi nombre es Marcos Schätzing, nací en España, aunque mi familia es de origen alemán. He oído de la fama de la Universidad de Wittenberg y he abandonado mis estudios de Derecho en Bruselas para venir aquí —afirmó el joven.

—Bienvenido, aunque creo que le hubiera resultado más provechoso terminar sus estudios de Derecho. El estudio de la Biblia no reporta mucho dinero —dijo Melanchthon.

—No busco fama ni dinero. Lo único que me interesa es la verdad —dijo el joven.

—La verdad no está en Wittenberg, uno la puede encontrar en su propio cuarto si es capaz de escuchar la voz de Dios —indicó el profesor.

—Debo de ser muy torpe, necesito que alguien me lleve hasta ella —dijo el joven sonriente.

—Jesús dijo: Conoceréis la verdad y la verdad os hará libres. Venga esta noche a mi casa a cenar. Seguro que podremos tener una larga charla sobre la verdad —dijo el profesor.

—Allí estaré —contestó el joven.

Mientras Melanchthon se despedía, el joven disimuló una sonrisa y después se dirigió hasta la posada. El primer paso había sido todo un éxito.

39

Worms, 17 de mayo de 1521

—Los términos son inaceptables —dijo Felipe de Hesse.

—El texto no puede llevarse a debate. Simplemente hay que ratificarlo —dijo el duque de Wilhen.

—El emperador nos pide que firmemos nuestra propia sentencia de muerte. Nosotros hemos apoyado a Lutero, si firmamos esto podemos acabar en prisión y perder nuestras posesiones —dijo Felipe de Hesse.

Los dos nobles se habían enterado del texto del edicto unos días antes de su proclamación. El indulto de Lutero había caducado dos días antes y los soldados del emperador lo buscaban por todas partes. Las cosas no podían ir peor. Además, desde que Federico se había marchado, sus enemigos incrementaron los ataques contra todos los amigos de Lutero.

—Podemos irnos como Federico —dijo el duque de Wilhen.

—Yo no puedo ausentarme —afirmó Felipe de Hesse.

—Entonces tendremos que firmar ahora. Ya veremos lo que pasa más tarde, cuando el emperador regrese a España —recalcó el duque de Wilhen.

Los dos nobles decidieron mandar el escrito a su amigo Federico, para que intentara influir a algunos de los obispos que aconsejaban al emperador. El poder del elector de Sajonia era mayor de lo que muchos creían.

Salieron del edificio y se dirigieron a la sala en la que todavía estaba reunida la Dieta. En los últimos días, muchos miembros se habían marchado y el número de asistentes era muy reducido. Se sentaron en sus sillas e intentaron no pensar en nada, mientras los secretarios leían las interminables resoluciones de los días anteriores.

40

Castillo de Wartburg,
19 de mayo de 1521

A pesar de llevar unos pocos días con la traducción, Lutero había avanzado bastante. El texto de Erasmo era tan claro y limpio que traducir se convirtió casi en un juego de niños. Además, podía dedicarle diez y doce horas diarias, ya que no tenía ninguna otra obligación ni entretenimiento. Donde encontró un verdadero problema fue en la elección de palabras alemanas a las que pudiera acceder la gente más humilde. Por eso, aquella fresca mañana de primavera se había puesto la capa para dirigirse al mercado del pueblo. Necesitaba oír las voces de la gente que le rodeaba. No le quiso decir nada a Juan Márquez, ya que se lo habría prohibido. Bajó las escaleras y pisó, por primera vez en más de una semana, tierra firme. Las cosas se veían mejor de cerca, a vista de pájaro todo parecía irreal, mientras que sus problemas se convertían en gigantes que le atormentaban.

Le esperaba Elisabeth. La joven tenía que ir a comprar y él pensó que levantaría menos sospechas una pareja que un hombre solitario acercándose a la gente para oírla.

Lutero caminó junto a la joven en silencio. Disfrutaba del sonido de los pájaros, de los árboles que comenzaban a reverdecer y de las caras de la gente que se cruzaban en el camino.

—¿Se encuentra bien? —le preguntó la chica al ver el rostro distraído del hombre.

—Sí, pero llevo mucho tiempo sin ver gente, las cosas desde la torre se ven muy distantes —dijo Lutero.

—No hace falta que me lo diga. Tengo las piernas destrozadas de subir y bajar —dijo la joven.

—Usted es joven, pero a mí el frío me cala los huesos —dijo Lutero.

—Pues desde que está aquí le veo mejor cara, perdone que se lo diga —dijo la muchacha, y pensó que se había tomado muchas confianzas.

—No se disculpe —dijo Lutero, sonriendo por primera vez desde que estaba en el castillo—, tiene razón, he ganado un poco de peso.

Llegaron hasta el mercadillo. Era grande y se extendía por todo el camino a ambos lados. La mayoría de los puestos eran de verduras, pero había también carne, frutos secos, ropa y hasta utensilios de metal. Lutero curioseó un poco y se aproximó a los puestos sin hablar con nadie.

—Le dejo. Si quiere, dentro de media hora nos vemos aquí mismo.

—Estupendo —dijo Lutero distraído.

El hombre siguió su camino. Escuchaba a la gente e intentaba memorizar algunas de las expresiones. Sabía que muchas de ellas variaban de una región a otra, pero él ya conocía algunos giros del idioma de las ciudades en las que había vivido. Desde que era profesor era verdad que había perdido muchas de las palabras de su infancia. En la universidad todos hablaban en alemán culto o en latín.

Después de media hora, Lutero volvió a encontrarse con la joven y la ayudó a cargar lo que había comprado. Antes del mediodía estaban de nuevo en el castillo.

Nada más llegar a la explanada, Lutero vio de lejos a Juan Márquez. Tenía los brazos cruzados y el ceño fruncido. Antes de que llegara a su altura comenzó a hablar.

—¿Dónde se ha metido? Está aquí para proteger su vida, no es un lugar de descanso. Nadie puede verle. No puede bajar de la torre bajo ningún concepto —dijo el español.

—Necesitaba escuchar las voces en alemán para mis traducciones —se explicó Lutero.

—¿Quiere que le maten?

—No, pero no puedo estar encerrado días enteros sin ver a nadie ni charlar con nadie —dijo Lutero.

—Podía al menos habérmelo dicho.

—No quise molestarle —dijo Lutero.

Después dejó su carga y subió de nuevo a su cárcel. Mientras ascendía por los escalones recordó su vida en Wittenberg y cómo había descubierto una libertad que excedía a todas las que había conocido hasta entonces. A esa libertad debía aferrarse para pasar aquella cautividad del alma.

41

Castillo de Wartburg,
24 de mayo de 1521

Los ruiseñores se acercaron a la ventana y Lutero escuchó sus cantos desde la cama. Era el mejor momento del día, cuando aquellos pájaros salvajes le ofrecían su saludo antes de que comenzara con la traducción. El sol aparecía por el horizonte iluminando la mañana y él notaba que sus problemas empequeñecían como un mal sueño.

Se levantaba pronto, obligándose a no descansar mucho y a agotar al cuerpo. Repasaba lo que había hecho el día anterior. Le traían un frugal desayuno, a primera hora no tenía mucha hambre, comenzaba a traducir una nueva página y normalmente terminaba tres o cuatro antes de almorzar.

La comida era generosa. Carne de ave o ciervo, un manjar para muy pocos paladares. También comía carne de cerdo, muchos estofados y legumbre. Dormía media hora después de comer y se ponía de nuevo a la tarea hasta que anochecía.

Juan Márquez solía venir antes de la cena y conversaban un poco. A veces el tema era interesante y terminaban la charla muy tarde.

Lutero oraba cinco veces al día. Era lo primero que hacía nada más despertarse y lo último que hacía cuando se acostaba.

Todos los días parecían iguales y, en cierto modo, lo eran. Únicamente la carta de un amigo le sacaba de aquella interminable rueda en la que se había convertido su vida.

¿Cuánto tiempo podría seguir esa rutina? Se preguntaba muchas veces cuando la soledad se convertía en una losa. De joven había anhelado esa vida monacal, pero ahora le gustaba estar rodeado de gente, charlar durante horas delante de un buen vino o una cerveza fría.

Él no lo sabía, pero algo estaba a punto de cambiar.

42

Worms, 25 de mayo de 1521

Todos los miembros de la Dieta estaban reunidos. Aquella mañana se leería el edicto de condena a Lutero. Nadie esperaba ninguna sorpresa, pero algunos de los príncipes confiaban en que el texto sería al menos suavizado.

El secretario se puso en pie y comenzó a leer:

Vosotros sabeis que Yo desciendo de los emperadores cristianísimos de la noble nación de Alemania, y de los reyes católicos de España, y de los archiduques de Austria y duques de Borgoña; los cuales fueron hasta la muerte hijos fieles de la Santa Iglesia Romana, y han sido todos ellos defensores de la Fe católica y sacros cánones, decretos y ordenamientos y loables costumbres, para la honra de Dios y aumento de la Fe católica y salud de las almas. Después de la muerte, por derecho natural y hereditario, nos han dejado las dichas santas observancias católicas, para vivir y morir en ellas a su ejemplo. Las cuales, como verdadero imitador de los dichos nuestros predecesores, habemos por la gracia de Dios, guardado hasta agora. Y a esta causa, Yo estoy determinado de las guardar, según que mis predecesores y Yo las habemos guardado hasta este tiempo; especialmente, lo que ha sido ordenado por los dichos mis predecesores, ansi en el Concilio de Constancia, como en otros.

Las cuales son ciertas, y gran vergüenza y afrenta nuestra es, que un sólo fraile [Lutero], contra Dios, errado en su opinión contra toda la Cristiandad, así del tiempo pasado de mil años ha, y más como del presente, nos quiera pervertir y hacer conocer, según su opinión, que toda la dicha Cristiandad seria y habría estado todas horas en error. Por lo cual, Yo estoy determinado de emplear mis Reinos y señoríos, mis amigos, mi cuerpo, mi sangre, mi vida y mi alma; porque sería gran vergüenza a mí y a vosotros, que sois la noble y muy nombrada nación de Alemania, y que somos por privilegio y preeminencia singular instituidos defensores y protectores de la Fe católica, que en nuestros tiempos no solamente heregia, mas ni suspición de ella, ni disminución de la Religión cristiana, por nuestra negligencia, en nosotros se sintiese, y que después de Nos quedase en los corazones de los hombres para nuestra perpetua deshonra y daño y de nuestros sucesores. Ya oísteis la respuesta pertinaz que Lutero dio ayer en presencia de todos vosotros. Yo os digo, que me arrepiento de haber tanto dilatado de proceder contra el dicho Lutero y su falsa doctrina. Estoy deliberado de no le oir hablar más, y entiendo juntamente dar forma en mandar que sea tomado, guardando el tenor de su salvoconducto, sin le preguntar ni amonestar mas de su malvada doctrina, y sin procurar que algún mandamiento se haga de como suso es dicho; e soy deliberado de me conducir y procurar contra él como contra notorio herege. Y requiero que vosotros os declareis en este hecho como buenos cristianos, y que sois tenidos de lo hacer como lo habeis prometido. Hecho en Bormes a 19 de abril de 1521, de mi mano. Yo el Rey.

Los príncipes escucharon horrorizados el resto del edicto. Se condenaba como delincuente y hereje a Lutero, se ordenaba la quema de todos sus libros, se perseguía a todos los que le defendieran a él o a sus doctrinas. Lutero era expulsado de su orden, se le prohibía enseñar y escribir. Se pedía que se pusiera a disposición de las autoridades a Lutero, para sufrir la sentencia como hereje. Todos sabían que dicha sentencia incluía la muerte en la hoguera si no había arrepentimiento.

Los príncipes sabían que Carlos había puesto una mordaza en sus bocas y una soga alrededor de sus cuellos. Todos los que colaboraran con el hereje perderían sus cargos y propiedades.

Los españoles aplaudieron la medida, pero la mayor parte de los alemanes se quedó en silencio.

El emperador firmó el documento y la reunión se disolvió. En unos días Carlos regresaría a España. Las cosas debían calmarse en Alemania, pero el pueblo estaba agitado y la condena imperial podía caldear aún más los ánimos. Por ello, el emperador mandó que capturaran a Lutero y lo llevaran a Roma cuanto antes. Si era necesario, muerto.

43

Castillo de Wartburg,
27 de mayo de 1521

Escuchó un extraño ruido y se puso en guardia. No debía de ser más de medianoche, pero se sentía descansado, como si el miedo le hubiera despertado del todo. Notó una presencia extraña a su lado. No era la primera vez que experimentaba esa sensación. Intentó girarse e ignorar los ruidos, pero en ese momento escuchó una voz que le erizó el vello de todo el cuerpo.

—Doctor iluminado, tú que condenas la misa, ¿Cuántas veces has hecho misas para otros? ¿No has caído en idolatría?

Lutero no intentó seguir la conversación. Prefería ignorar al diablo y sus maquinaciones.

—No te hagas el dormido. Yo sé todo lo que haces, conozco tus pensamientos más ocultos. A mí no me puedes engañar.

Lutero comenzó a sudar, el corazón le latía muy rápido.

—Tu vida no vale nada, te buscan para matarte. Serás desangrado como un cerdo y colgado en un gancho hasta que te saquen las tripas. Cuando tú mueras, yo seguiré vivo y no podrás hacer nada contra mí.

—Te reprendo Satanás, en el nombre de Cristo Jesús —dijo Lutero levantándose de la cama.

Cuando levantó la vista intentó distinguir alguna figura entre la penumbra del cuarto, pero no vio a nadie.

—Crees que tus palabras vacías sin fe pueden hacerme daño, pero estás muy equivocado. Tú eres como aquellos exorcistas que me reprendían en el nombre del Dios de Pablo —dijo el diablo entre risas.

Lutero se asustó de nuevo, cerró los ojos y con todas sus fuerzas gritó a las sombras.

—Sé en quién he creído, que es fiel y justo. Su sacrificio en la cruz me liberó de tu poder, soy de Él. Por eso ahora, en el nombre de Jesús, por la sangre derramada en la cruz del Calvario, te reprendo, Satanás.

Se escuchó un gemido espeluznante, pero esta vez Lutero no se amedrentó.

—Te reprendo Satanás, en el nombre de Jesús.

Un gran silencio inundó la sala, Lutero podía escuchar su propia respiración agitada, pero la voz había cesado. Tomó un vaso de agua que tenía junto a la cama y volvió a quedarse dormido.

44

Wittenberg, 29 de mayo de 1521

Cuando el Edicto de Worms llegó a la ciudad se armó un gran revuelo. Unos días antes había surgido el rumor acerca de la condena de Lutero por el emperador, pero los términos que se usaban en el edicto y la condena a todo el que siguiera las doctrinas de Lutero era tan rotunda que no dejó a nadie indiferente.

Melanchthon se acercó con una copia a casa de Nicolaus Hausmann. Los dos se tomaron un poco de vino mientras leían detenidamente el texto.

—Es inadmisible, el emperador no puede actuar sobre las conciencias de sus súbditos —dijo Nicolaus Hausmann.

—En los tiempos que corren, nadie puede permitirse el lujo de tener conciencia —dijo Melanchthon.

—¿Sabes si Lutero ha visto el edicto? —preguntó Hausmann.

—No creo, de hecho no me menciona nada en su última carta.

—Eres al único que escribe en Wittenberg —comentó Hausmann.

—Lo hace por su seguridad, mientras León X esté vivo, él no estará a salvo.

—Eso es cierto, pero al menos mándale mis saludos —dijo Hausmann.

—Se los enviaré. ¿Crees que el emperador podrá obligar a acatar el edicto? —preguntó Melanchthon.

—No, creo que está a punto de regresar a España. Cuando esté fuera del imperio, muy pocos se atreverán a obedecer sus órdenes. Los partidarios de Lutero se encuentran en toda Alemania, pero también hay muchos en Flandes, Suiza, Francia y la propia Italia. Lo que no entienden el Papa y sus secuaces es que Lutero no es Huss. Los escritos de nuestro amigo lo han invadido todo —dijo Hausmann.

—Tendremos que estar atentos, tal vez Dios requiera nuestra propia vida para defensa de la fe —dijo Melanchthon.

—Si ha de ser, sea —dijo Hausmann.

—Os dejo, tengo que ayudar a un alumno: Marcos Schätzing —dijo Melanchtohn.

—¿Quién?

—Es un joven que quiere estudiar Teología. Está muy interesado en las clases de Biblia de nuestro amigo Lutero. Me he comprometido a dejarle algunos libros.

Los dos amigos se dieron la mano. Melanchthon dejó la casa igual de preocupado que antes. Él no era tan optimista con respecto a las órdenes del emperador, Carlos no era Maximiliano. El nuevo emperador quería fomentar la unidad de sus territorios y estaría dispuesto a cualquier cosa para conseguirlo.

Esa misma tarde escribiría a su amigo. Era mejor que él le suavizara la noticia antes de que se enterara por otros. Guardó la copia del edicto y se internó en las calles de Wittenberg. Había quedado cerca de la catedral con el estudiante. Aquel joven estaba totalmente impresionado por las ideas de su amigo. Melanchthon admiraba la capacidad de seducción que ejercía Lutero sobre la gente, especialmente entre los jóvenes. A él le hubiera gustado ser más carismático, pero la enseñanza del griego no parecía muy atrayente para nadie.

Melanchthon llegó a la taberna y se quedó un rato mirando a la gente que caminaba por la plaza. El estudiante llegó por la calle de enfrente y le saludó desde lejos. Hubo algo en su gesto que inquietó a Melanchthon, pero si le hubieran preguntado no habría sabido expresar el porqué.

45

Castillo de Wartburg,
2 de junio de 1521

Esa mañana habían llegado las cartas. Lutero tomó su pequeña daga y abrió con impaciencia el sobre de Melanchthon. Su amigo debía haber dedicado mucho tiempo a escribirle, pensó mientras sacaba las hojas, pero enseguida se dio cuenta de que algunas estaban impresas. Allí se encontraba el edicto que el emperador había escrito contra él.

Se fue hasta la cama y se tumbó para leer el edicto. A medida que avanzaba se sentía más indignado. La condena era muy dura, casi más que la de la bula de excomunión. Lutero arrojó al suelo los papeles y comenzó a moverse nervioso por el cuarto.

Lo primero que pensó fue en escribir una réplica, una defensa, pero sabía que aquello era aún peor. Enfrentarse directamente al emperador era lo último que le convenía. Después regresó hasta la mesa y tomó la carta de su amigo:

Querido hermano Martín:

Espero que esta carta sirva para dar el consuelo y la paz que el edicto del emperador nos ha quitado a todos. Dios nos recomienda que respetemos a las autoridades puestas por Él, pero es muy difícil respetar la falsedad, el insulto y la condena injusta.

El emperador Carlos sale pronto para España. Posiblemente, cuando recibas esta carta ya estará de camino hacia allí. Muchos de nosotros dudamos que los príncipes obedezcan sin más al emperador. Por ahora estás seguro en tu escondite y nosotros también.

Espero que avances a buen ritmo en tu traducción. Desearía estar contigo para poder ayudarte. Cuando regreses a Wittenberg repasaré el texto con mucho gusto.

Aquí todo sigue igual, pero la gente no deja de preguntar cuándo regresarás. Sabemos que estamos en manos de Dios. Él nos guiará en todo momento.

Un saludo de tu hermano y amigo.

Lutero percibió cómo las palabras de su amigo lograban apaciguar algo su ánimo. Melanchthon era un hombre fascinante, capaz de transmitir paz en las situaciones más difíciles.

En ese momento escuchó cómo se abría la puerta de su cuarto.

—Señor Jorge —dijo Elisabeth.

—Sí.

—Le traigo el desayuno —dijo la muchacha con la bandeja en la mano.

—Déjalo donde siempre —comentó Lutero cabizbajo.

La joven dejó la bandeja y antes de irse le sonrió a Lutero, pero éste apenas la miró.

—¿Os encontráis bien? —dijo la joven después de observar las cartas abiertas sobre la mesa—. ¿Son malas noticias?

—Sí —dijo Lutero.

—Le dejo —comentó la chica antes de retirarse.

—Un momento —dijo Lutero.

Elisabeth se paró en la puerta.

—Esta tarde comenzamos —dijo Lutero.

—No estoy segura, puede que mis obligaciones no me dejen...

—Tienes que aprender a leer y escribir. Aprovecha la oportunidad —dijo Lutero.

—Lo intentaré, aunque no creo que esta cabeza dé para muchas letras —dijo la joven tocando su pelo rubio.

Lutero le sonrió. La idea de enseñarle a escribir le emocionaba. Sabía que aquellas pequeñas cosas eran las que daban sentido a la vida. No pudo evitar emocionarse, enseñar era la segunda cosa que más amaba, después del servicio a Dios.

46

Maguncia, 2 de junio de 1521

Felipe Diego de Mendoza llevaba más de una hora esperando para ser recibido por el cardenal Alberto. Los príncipes de la Iglesia eran peores que el resto de los nobles, pero Felipe sabía que era mejor no enfrentarse a un cardenal, si no querías sufrir las consecuencias.

El emperador había abandonado Alemania y él tenía la misión de encontrar a Lutero. Aquel maldito hereje se interponía entre él y su regreso a la península.

Se puso en pie y observó algunas de las pinturas de las paredes. No era un entendido, pero podía apreciar que los cuadros eran italianos y tenían un gran valor. Después se dirigió hasta la puerta del despacho y se quedó en silencio, pero no se escuchaba nada.

—Maldición —dijo en voz baja y se dirigió de nuevo a su silla.

En ese momento, el cardenal salió de su despacho rodeado por un par de lacayos y su secretario.

—Capitán —dijo el cardenal extendiendo la mano.

Mendoza le besó el anillo.

—¿Cómo van sus pesquisas?

—Todavía no hemos dado con su paradero, pero estamos muy cerca. Uno de nuestros hombres está en Wittenberg y el resto explorando la región en la que perdimos el rastro del hereje.

El cardenal frunció el ceño.

—No es tan grande Alemania —dijo el cardenal.

—No queremos levantar sospechas. Si descubren que buscamos a Lutero, puede que le trasladen a otra parte o le saquen de Alemania.

—¿Lutero fuera de Alemania? Ese maldito agustino no saldría nunca de su tierra.

—Antes de que termine este mes, Lutero habrá sido apresado o ajusticiado —dijo el capitán.

—Perfecto, el Papa me ha pedido que les facilite todo lo que necesiten.

—Gracias, excelencia.

El cardenal alargó de nuevo la mano y después se retiró. El capitán se puso el sombrero y salió del palacio. Esperaba que el soldado enviado a Wittenberg lograra descubrir el paradero de Lutero lo antes posible. No quería pasar otro invierno en Alemania.

47

Castillo de Wartburg,
2 de junio de 1521

El sol comenzaba a ocultarse cuando Juan Márquez entró en el cuarto. Lutero aprovechaba la luz que aún quedaba para continuar con su tarea. Apenas se dio cuenta de la presencia del español. Cuando trabajaba podía pasar horas sin comer, dormir o ni siquiera pensar. La traducción avanzaba a buen ritmo, pero aún quedaban cientos de hojas y no tenía a nadie para ayudarle en sus dudas ni para pasar a limpio el texto final.

—¿Qué tal, doctor Martín? —preguntó Márquez.

—Hoy estoy un poco atascado. El libro de Romanos es uno de mis preferidos, pero no es fácil de traducir, aunque imagino que el peor será Apocalipsis.

—¿Cree que será útil leer las Sagradas Escrituras en su propio idioma? Son un galimatías que ni los expertos entienden —dijo el español.

—Hay muchas maneras de leer las Escrituras. Está el nivel del debate teológico, pero se puede leer como un libro devocional y como una guía para la vida —dijo Lutero.

—No entiendo qué puede enseñarme sobre la vida un libro que alguien escribió hace mil años —dijo Márquez.

—Los cristianos creemos que fue revelado por Dios, que las palabras que utilizaron los escritores fueron inspiradas por Él y son útiles para guiarnos. Mire esto: Mas el justo por la fe vivirá. ¿Qué piensa que quiere decir el texto?

—Que las personas buenas vivirán confiando en Dios —dijo el español después de pensarlo un poco.

—¿No ve cómo es capaz de entender lo que pone? Aquí, el apóstol Pablo utiliza un texto del profeta Habacuc, para hablar de la superioridad de la fe frente a las obras de la ley. El hombre no puede hacer nada para salvarse, únicamente confiando en la obra redentora de Cristo en la cruz puede reconciliarse con Dios.

Márquez miró a Lutero y después le dijo sonriendo:

—El texto no explica todo eso.

—El texto está en un contexto. En el capítulo anterior habla de cómo tanto griegos como hebreos han utilizado su propia manera de buscar a Dios y no lo han conseguido.

—Entonces tengo razón. No es tan fácil comprender las Sagradas Escrituras.

—El lector debe recibir algunas enseñanzas mínimas, pero la propia Biblia tiene la clave de interpretación que Dios ha dado. Por medio del Espíritu Santo, Dios abre los ojos del creyente para que entienda la Biblia y la aplique a su propia vida —dijo Lutero.

—Yo no entiendo mucho, pero he oído la famosa frase de «Doctores tiene la Iglesia». Puede crearse un verdadero problema si cada uno lee e interpreta lo que quiere.

—El mismo que si uno lee e interpreta para todos los demás. La Iglesia de Roma ha enseñado lo que más le ha interesado. Además ha añadido toda la tradición de concilios y papas —indicó Lutero.

—Bueno, Dios sigue hablando —acotó Márquez.

—Sí, pero no revelando su Palabra. En el propio libro de Apocalipsis se expresa una condena a todo aquel que añada o quite algo a las Sagradas Escrituras.

Márquez se sentó en la cama. Parecía confuso. Aquel hereje podía ser muy persuasivo cuando se empeñaba.

—¿Me quiere decir con esto que toda la Iglesia, el Papa y la tradición están equivocados y usted está en lo cierto?

—No, lo que quiero que entienda es que la Biblia es la fuente de inspiración de nuestra fe. Cualquier cosa que la contradiga o la desautorice debe ser anatema.

—¿Anatema?

—Rechazado. Porque nada puede ponerse a la altura de la Palabra de Dios. No soy el único que defiende la predicación directa de las Escrituras. Muchos antes que yo lo han hecho, pero fueron asesinados por la jerarquía de Roma.

El español se puso en pie y observó el rostro de Lutero. Tenía los ojos muy abiertos y una expresión exaltada.

—Soy un soldado. Mi oficio es proteger y, si es necesario, matar. Las únicas órdenes que obedezco son las de Federico. Me criaron como católico en España, he cumplido con la Iglesia toda mi vida, no soy quién para discutir sus dogmas. Los cristianos viejos lo único que queremos es vivir sin sobresaltos y en paz. Con sus ideas pone en peligro la unidad de los cristianos en un momento peligroso, con los turcos marchando sobre Hungría. Piénselo bien, doctor Martín, no sea que esté luchando contra Dios sin saberlo.

Las palabras de Márquez fueron tan sinceras que calaron en la mente de Lutero. Esas mismas dudas le habían asaltado a él muchas veces. ¿Sería un instrumento de Satanás para dividir a los cristianos? Cuántas herejías en la antigüedad habían favorecido a los enemigos de la fe. Lo único que le mantenía firme era la Palabra de Dios. En ella ponía todas aquellas cosas que la Iglesia no enseñaba.

—Gracias por su charla, doctor Martín.

—Venga siempre que quiera. Hablar me despeja la mente, no es bueno estar tanto tiempo solo.

El español dejó el cuarto y descendió por las escaleras de la torre. Las palabras de Lutero le quemaban en la mente. Vivir por fe era una verdadera locura. Nadie te daba nada por el simple hecho de creer. La comida y la ropa tenían que ganarse con el esfuerzo del trabajo, él no era de los que esperaba sentado.

48

Wittenberg, 3 de junio de 1521

Aquella tarde, como muchas otras, cenaba en la casa de Melanchthon. Había intentado descubrir el escondite de Lutero de diferentes maneras, pero hasta ahora no lo había conseguido.

La criada les sirvió la austera cena y Marcos Schätzing se quedó pensativo sin probar bocado.

—¿Os encontráis bien? —preguntó Melanchthon a su alumno. Le había cogido cariño. No eran muchos los jóvenes que se atrevían a dejar su segura y cómoda vida de estudiantes e ir a Wittenberg. La Iglesia y el emperador trataban de proscritos a todos los que entraban en la ciudad del hereje Lutero.

—Sí, aunque echo de menos mi hogar —dijo el joven.

—Es normal, vivís muy lejos de casa.

—Estoy contento con las clases, pero me pregunto cómo estará mi familia —dijo el joven.

—Eso os honra. La familia es el mayor regalo que tenemos.

—Otra de mis tristezas es no conocer todavía a su amigo, el doctor Martín.

Melanchthon se quedó pensativo. Él también echaba de menos a Lutero. En los últimos años se habían convertido en amigos inseparables. Además, el peso de los feligreses de la ciudad se le hacía insoportable. Reconocía que él no tenía los dones de su amigo.

—Regresará pronto. Las aguas volverán a su cauce. El emperador ya está en España y el Papa es un hombre mayor. Dios luchará por Lutero —dijo Melanchthon sin poder disimular sus propias dudas.

—Sí, pero ¿cuándo? ¿Cómo sabemos que está bien?

El profesor se quedó en silencio. Prácticamente nadie conocía que Lutero y él se comunicaban por carta.

—Bueno, yo sé que está bien y Dios le está usando para un nuevo trabajo.

El joven sonrió. Por fin el profesor comenzaba a hablar de Lutero.

—Me alegra oír eso —dijo el joven.

—Martín está traduciendo la Biblia al alemán. A veces me manda sus dudas por carta. También me cuenta cómo está y lo que hace. No os preocupéis, está a salvo.

—A salvo, eso me tranquiliza. Vivimos tiempos peligrosos. Los hombres del emperador pueden estar en cualquier parte. Entonces, ¿está traduciendo la Biblia al alemán?

—Sí, no sabía por qué Dios le había llevado a ese exilio obligado y ahora siente que tiene una nueva misión, llevar la Biblia al idioma del pueblo —dijo Melanchthon.

—Pero, si se enteran sus enemigos, puede ser peligroso. No creo que la Iglesia apruebe la traducción de la Biblia a un idioma vulgar.

—En un idioma vulgar estuvo. El arameo y el hebreo del Antiguo Testamento eran idiomas que cualquier judío podía entender. Cuando el Nuevo Testamento se escribió en griego, la mayor parte del Imperio Romano entendía perfectamente el idioma.

—Sí, pero la única versión de la Biblia que acepta ahora la Iglesia es la Vulgata Latina —dijo el joven.

—La Vulgata fue escrita en el siglo V por San Jerónimo y tiene numerosos errores. Aunque se mejoró el texto de la anterior versión, la Vetus Latina, al utilizarse la Septuaginta, el texto en griego de los judíos, para traducir el Antiguo Testamento —dijo Melanchthon.

—Tenía entendido que San Jerónimo conocía muy bien el hebreo y que vivió en Belén, donde tradujo parte de la Biblia del original, especialmente los Salmos —dijo el joven.

—A veces me admiras. Es cierto, conocía el hebreo y vivió en Judá. Aunque muchos dudan de que acudiera directamente al hebreo. Además, él no fue el único traductor, tuvo varios colaboradores.

—¿Qué usó para el Nuevo Testamento?

—Fundamentalmente las copias que se conservaban en griego —dijo Melanchthon.

El joven se dio cuenta de que la conversación le había alejado de nuevo de su objetivo. En el fondo admiraba a Melanchthon, pero no estaba allí para estudiar. Su misión era descubrir el paradero de Lutero cuanto antes.

—En el sitio en el que se encuentra Lutero, ¿puede disponer de todo el material que necesita?

—Sí, tiene una pequeña biblioteca y si le falta algo se lo mando yo.

—Le escribís todas las semanas —dijo el joven.

—Sí, todas las semanas, y él me contesta un par de días más tarde.

El joven calculó que Lutero no debía de estar a más de un día y medio a caballo.

—¿Podría ayudaros en este proyecto? Sabéis de mis conocimientos de griego, tal vez el doctor Martín necesite un ayudante —dijo el joven.

—No le vendría mal. Si queréis, puedo preguntárselo esta misma semana —dijo Melanchthon.

—Sí, por favor. Nada me gustaría más.

Aquello podía ser su gran oportunidad, pensó Marcos Schätzing. Poder estar con el mismo Lutero y matarlo con sus propias manos. Sabía que la muerte del hereje supondría un gran servicio al emperador y a la cristiandad.

49

Castillo de Wartburg,
3 de junio de 1521

Le ardían las tripas. Aquél era él único mal que no había podido dejar en Worms. Apenas comía, intentaba caminar por su cuarto una hora al día, pero a veces los dolores eran tan fuertes que le postraban en cama.

Mientras intentaba infructuosamente continuar su traducción, el dolor le doblaba hacia delante y le quitaba el aliento. Dejó a un lado la pluma y el papel y se puso en pie. Con las manos agarrando su vientre, se dirigió hacia la ventana. El frescor de la tarde le acarició la cara y se sintió mejor.

Así no podía seguir trabajando, a lo mejor la oferta de un colaborador que le ofrecía su amigo Melanchthon no era mala idea, pensó mientras iba hacia la cama.

Se tumbó un rato e intentó recordar el tiempo que llevaba encerrado. Los días al principio habían pasado despacio, pero últimamente apenas levantaba los ojos de su traducción. Sus únicos entretenimientos eran las charlas por las noches con su guardián español y sus clases a Elisabeth por la mañana.

Intentó orar, pero el dolor no le dejaba concentrarse. Se puso de lado en la cama e intentó pensar en sus años en la universidad, después recordó sus hallazgos en el Nuevo Testamento y la alegría de sus alumnos al descubrir junto a él los tesoros de la Biblia. Ahora todo el mundo podría leerla en su propio idioma. Ya no harían falta maestros de Biblia como él, la propia Biblia hablaría a los alemanes y después al resto de los pueblos. Aquel era el trabajo más importante que había hecho en su vida, por eso se levantó con esfuerzo y continuó traduciendo hasta que se quedó dormido sobre sus papeles.

50

Castillo de Wartburg,
5 de junio de 1521

Elisabeth miró atentamente al libro y comenzó a leer con dificultad. En las últimas semanas había conseguido muchos avances, pero todavía leía lentamente, arrastrando las sílabas. Lutero la corregía con paciencia y aplaudía todos sus progresos.

—No lo hago muy bien —dijo la joven mirando con sus grandes ojos azules a Lutero.

—Leéis mejor que muchos sacerdotes, en unas semanas podréis hacerlo a la perfección, la lectura es práctica. Será mejor que os llevéis este librito para trabajar en casa —dijo Lutero dándole un pequeño ejemplar de leyendas populares.

—No puedo, si mi tía me ve con un libro, me mata —contestó la joven.

—¿Por qué?

—Ella piensa que las mujeres no deben conocer más allá de sus tareas hogareñas. Dice que la lectura alimenta al diablo.

—Me temo que los alemanes todavía somos un pueblo supersticioso y bárbaro —dijo Lutero.

La joven agachó la cabeza, avergonzada. Lutero intentó disimular su enfado y le pidió que continuara leyendo. Después de otra media hora, la joven se sentía fatigada y con un ligero dolor de cabeza.

—Lo dejaremos por hoy —dijo Lutero.

En ese momento, Juan Márquez entró por la puerta y observó la escena con enfado. La joven estaba sentada junto al monje, los dos cuerpos casi pegados, y eso únicamente podía significar una cosa. Notó cómo el corazón se le aceleraba y una sensación de furia le invadía.

—Márquez, por fin ha llegado. Hoy quería pedirle que llevara unas cartas urgentes a mis amigos. Estoy atascado en un texto del libro de Gálatas —dijo Lutero sonriente.

El español no le contestó, se limitó a hacer un gesto con la cabeza. Elisabeth se puso en pie y con la cabeza gacha se dirigió hacia la puerta.

—Se ha hecho un poco tarde —dijo la joven. Tomó su abrigó y lo colocó sobre los hombros.

—¿Por qué no acompaña a la joven hasta su casa? —dijo Lutero.

Márquez se quedó pensativo. Después se colocó de nuevo frente a la puerta y dejó que la mujer saliera primero. Los dos descendieron en silencio. Normalmente pasaban hablando sus cortos viajes hasta la casa de Elisabeth, pero el español tenía el ceño fruncido y no parecía muy animado a hablar.

—El doctor Martín me está enseñando a leer —dijo la joven.

—Muy bien —dijo el español sin mirarla a la cara.

—¿No lo aprobáis? —preguntó la joven.

—Podéis hacer lo que mejor os parezca, pero no olvidéis que Martín Lutero es todavía un monje.

La joven comprendió el enfado de su amigo y se echó a reír.

—No sé por qué os reís ahora —dijo el español muy enfadado.

—No habréis pensado que el doctor y yo...

Márquez sintió cómo le ardía la cara, pero el sol había desaparecido casi por completo y esperó que ella no se hubiera dado cuenta de la vergüenza que le producía su actitud.

—El doctor Martín es muy amable conmigo, pero lo único que quiere es que aprenda a leer. La verdad es que me encanta, tengo la sensación de que detrás de esas letras hay un gran mundo por descubrir.

—Leer no es tan importante —dijo el español. Él apenas dominaba la lectura y únicamente sabía escribir su nombre.

—¿Sabéis leer? —preguntó la joven.

—Naturalmente —dijo el español.

—¿Y no os gusta?

—Prefiero montar a caballo o pasear por el campo —dijo el español.

Llegaron a la casa de la joven y Márquez se quedó quieto delante de la puerta. Se sentía avergonzado por haber pensado que Lutero y la joven podían estar juntos.

—Muchas gracias por acompañarme —dijo la joven.

—Es mi obligación —contestó el español.

—No lo es. Sé que lo hacéis por amistad.

—¿Por amistad? —preguntó extrañado el español.

—Sí, por amistad al doctor.

—No, para mí son un placer estas charlas nocturnas. Alejan de mí el fantasma de las guerras que he vivido. En el fondo envidio la paz en la que vivís —dijo Márquez.

—Y yo vuestra vida de aventuras y viajes —dijo la joven.

Los dos sonrieron y la joven se dirigió hacia la puerta. Él la detuvo un instante y la tomó del brazo.

—¿Podríamos dar un paseo hasta el río por la mañana? —preguntó el español.

—Tengo que hacer mis tareas.

El español la miró decepcionado.

—Pero antes de almorzar podemos pasear un poco —dijo la joven.

El rostro de Márquez se iluminó y no pudo evitar sonreír. La joven le despidió con un gesto y entró en la casa. El español esperó hasta que la puerta estuvo cerrada para comenzar a andar. Caminó despacio, con la alegría contenida, como si temiera explotar de felicidad. Después se adentró en el bosque con el corazón desbocado y una extraña sensación de ligereza. Sin duda era amor, pensó mientras regresaba al castillo, aunque él nunca había sentido antes nada igual.

51

Castillo de Wartburg,
6 de junio de 1521

Aquella mañana se había puesto sus mejores ropas. No le había costado nada levantarse de la cama, a pesar de no haber dormido casi nada. No había dejado de pensar en Elisabeth y su paseo al mediodía. Subió los escalones de la torre de dos en dos hasta llegar a la habitación de Lutero y llamó a la puerta. Nadie contestó, y sintió cómo un escalofrío le recorría la espalda. Abrió la puerta y vio al monje en el suelo. Se inclinó sobre él e intentó reanimarlo.

—Doctor Martín —dijo tomando el cuerpo inerte entre los brazos.

Lutero no respondió. Tenía el rostro pálido y la boca torcida. Márquez tomó un poco de agua de una jarra y se la echó por la cara. El monje apenas reaccionó. Lo subió hasta la cama y lo tumbó. Después se comenzó a mover nervioso por la estancia. ¿Qué podía hacer? Tenía órdenes de que nadie viera al monje, pero algo le sucedía, pensó mientras el corazón comenzó a latirle con más fuerza. Después bajó las escaleras y pidió a uno de los siervos que fuera en busca del doctor.

Cuando regresó a la habitación, Elisabeth ya estaba allí. Había colocado unos paños húmedos sobre la frente de Lutero y había abierto las ventanas. El aire fresco de la mañana invadía la estancia y el pecho desnudo del doctor Martín subía y bajaba agitado.

—¿Se encuentra bien? —preguntó Márquez.

—Parece que respira con más fuerza —dijo la joven con una expresión de angustia que preocupó aun más al español.

El médico llegó a toda prisa y examinó el cuerpo del monje. Tras unos minutos de incertidumbre, el hombre se dio la vuelta y se dirigió a

Márquez. Sus ojos, azules y pequeños, eran tan inexpresivos como el resto de su cara enjuta.

—Se recuperará. Creo que tiene severos dolores de tripa. Será mejor que hoy no coma. Le preparé unas hierbas que le quitarán el dolor. A partir de hoy tiene que comer alimentos menos pesados, nada de alcohol y paseos largos —dijo el médico. Después sacó unas hierbas y las dejó sobre el escritorio—. Que tome una infusión cada seis horas.

—Gracias —dijo Elisabeth.

—Cierren esas ventanas, si no quieren que además coja una pulmonía —dijo el médico enfadado—. Volveré esta noche para ver cómo se encuentra.

Cuando los dos se quedaron solos de nuevo, no supieron qué hacer ni qué decir. Permanecieron en silencio junto al enfermo toda la mañana y justo al mediodía Lutero recuperó la consciencia.

—¿Qué sucede? —preguntó incorporándose de la cama.

—Descanse, doctor Martín —dijo la joven.

—Tengo que trabajar —dijo Lutero incorporándose.

Al intentar ponerse en pie sintió un fuerte dolor en el pecho y volvió a tumbarse.

—Hoy será mejor que descanséis —dijo Márquez.

—El médico ha dicho que no haga esfuerzos. Esta noche volverá para verle —dijo Elisabeth.

—Me encuentro bien. Simplemente es una mala digestión —dijo Lutero.

—Si quiere terminar su trabajo será mejor que se cuide —dijo Márquez.

Lutero se recostó sobre la cama y cerró los ojos. Se sentía mareado y revuelto, pero hizo un esfuerzo para no vomitar. Comenzó a relajarse y se quedó dormido de nuevo.

52

Wittenberg, 8 de junio de 1521

Felipe Diego de Mendoza bajó de su cabalgadura y esperó junto al sendero. Aquello era tierra enemiga, pero debía reunirse con Marcos Schätzing aquella misma mañana. El tiempo pasaba y no lograban dar con el paradero del hereje.

Diego de Mendoza entró en la posada y pidió algo de vino. Tenía la boca seca por el polvo del camino, bebió de un trago y pidió que le llenaran de nuevo el vaso. En ese momento entró Marcos Schätzing y, sin mediar palabra, se sentó a su lado.

—Capitán —dijo el joven sin despojarse de la capa que le cubría en parte el rostro.

—Creía que ya no vendría.

—No es fácil asegurarse de que nadie te sigue. La ciudad está llena de espías de Federico.

—¿Ha logrado descubrir el paradero de Lutero?

—Hoy mismo me lo dirá Melanchthon. Escribió una carta ofreciendo a Lutero mis servicios como secretario y éste ha aceptado. Aun así, los protectores del hereje han puesto sus condiciones —dijo Marcos.

—¿Qué condiciones? —preguntó Diego de Mendoza sorprendido.

—Me llevarán hasta allí en una carroza cerrada y con los ojos vendados.

—Podemos enviar a algunos hombres que os sigan —dijo Diego de Mendoza.

—Será mejor que no. Puede que nos descubran. Una vez que yo esté en la madriguera de esa rata, si vuesa merced me autoriza, lo aplastaré con mis propias manos.

Diego de Mendoza observó el rostro del joven. Ya no tenía su expresión inocente. El brillo en sus ojos delataba su odio hacia el hereje.

—El emperador lo quiere muerto —dijo el capitán.

El joven asintió con la cabeza y bebieron el resto de la jarra de vino en silencio, cada uno absorto en sus propios pensamientos.

53

Castillo de Wartburg, 10 de junio de 1521

Todas las mañanas salían a pasear juntos. El médico había recomendado a Lutero que caminara todos los días al menos media hora. Los dos hombres recorrían los senderos próximos al castillo evitando el camino principal y apenas se cruzaban con lugareños.

Los primeros días apenas hablaban. Lutero se sentía fatigado y casi sin aliento, pero a medida que su cuerpo se acostumbraba al esfuerzo de subir y bajar montes la conversación se hacía más fluida.

—Hay algo que no entiendo, ¿por qué no podemos hacer nada para salvarnos? Si hacemos buenas obras delante de Dios, Él nos justificará —dijo Márquez.

—Nada que podamos hacer puede salvarnos. Si cumplimos toda la ley, pero desobedecemos en un punto, nos convertimos igualmente en transgresores de ella, y la desobediencia a la ley es la muerte —afirmó Lutero.

—Pero para eso existe la confesión, la comunión, el bautismo y el resto de sacramentos —apeló Márquez.

—Todo eso son símbolos de las cosas celestiales, pero no pueden salvar por sí mismos. El bautismo no nos salva, simplemente simboliza nuestra entrada en la Iglesia. Lo único que puede salvarnos es la fe —señaló Lutero.

—Pero eso es demasiado sencillo, hasta un niño puede hacerlo —contestó Márquez sorprendido.

—La fe no es simplemente creer, es confiar. Sin fe es imposible agradar a Dios. Si confiamos en Dios, reconocemos su señorío, pedimos perdón por nuestros pecados y aceptamos la muerte de Jesús en la cruz, somos redimidos por Él.

—Entonces podemos vivir como queramos, una vez que hayamos aceptado a Cristo —dijo Márquez.

—No, nuestra salvación muestra una serie de señales. Si aceptamos a Cristo, nos identificamos con Él y andamos como Él anduvo.

—¿Y los sacramentos? La Iglesia es la que salva —dijo Márquez.

—La Iglesia somos tú y yo. La comunidad de los creyentes constituye la Iglesia. No hay intermediarios ni mediadores. Cristo es suficiente —indicó Lutero.

—Pero toda la tradición, los santos, la labor de la Madre de Dios quedan desechados —dijo Márquez.

—A los santos que nos precedieron debemos venerarlos e imitarlos en su fe, pero no necesitamos su intercesión, ya que según la Biblia es Cristo mismo el que intercede por nosotros ante el Padre. María, la madre de Jesús, fue una mujer intachable, generosa y fiel, pero su labor terminó tras darse a Dios —dijo Lutero.

Márquez se quedó pensativo. Las palabras del doctor Martín le gustaban, pero al mismo tiempo se sentía confuso. Si era verdad lo que enseñaba aquel hombre, todo debería cambiar. Las expresiones externas, el sacerdocio, los sacramentos, la misa e incluso la forma de dirigirse a Dios. ¿Por qué Dios iba a hablar a un monje alegre, bromista y con cierta tendencia a la gula y no a un Papa o cardenal? Pensaba Márquez intentando asimilar todas las ideas de Lutero.

—La fe es un don, Juan. Tenemos que aceptar el regalo para poder recibir la salvación. Si aceptas el regalo de Dios, te conviertes en su hijo y Él te libera del pecado y de la muerte —afirmó Lutero.

Permanecieron en silencio mientras avanzaban por el bosque. La luz atravesaba las hojas y se filtraba en mitad de las sombras. Los reflejos producían un extraño efecto óptico y convertían al bosque en un lugar mágico. Márquez sintió por primera vez en todos aquellos meses el deseo de quedarse allí para siempre. Vivir tranquilo paseando por aquellos bosques y casarse con Elisabeth, seguir aprendiendo del doctor Martín y disfrutar de una vida sencilla, pero las cosas iban a cambiar muy pronto.

54

Castillo de Wartburg,
10 de junio de 1521

Elisabeth miró a Juan y sintió que el corazón le iba a explotar. Sabía que su amor era imposible, ella era una simple campesina y él un mercenario español que no tardaría en regresar a su casa, pero al menos ahora estaban juntos, unidos por una fuerza que nadie podía destruir.

—Puedes venirte conmigo —dijo Márquez.

—¿A España? Imposible, mi familia nunca lo permitiría —dijo Elisabeth.

—Pues, ¿qué impide que cuando termine mi misión nos casemos y nos marchemos juntos a Castilla?

—No puedo dejar sola a mí tía. Ella me ha cuidado todos estos años y comienza a ser mayor —dijo Elisabeth.

—Pues me quedaré aquí contigo —dijo Márquez.

—¿Y qué harás?

—Compraré unas tierras y me dedicaré a cultivar —dijo el joven.

—Siempre serás un español, un mercenario —dijo Elisabeth.

El joven comenzó a desesperarse, a veces pensaba que ella prefería que se marchara.

—¿Quieres que regrese a España y deje de molestarte? —preguntó Márquez.

—No, te amo, pero tendremos que conformarnos con querernos sin estar juntos —dijo la joven con un nudo en el pecho.

—¿Por qué? Los dos somos libres, jóvenes y nos amamos —dijo Márquez.

—Pero pertenecemos a dos mundos distintos —afirmó Elisabeth.

—Tu mundo y el mío no son tan distintos. Únicamente hablamos dos idiomas diferentes. Te vendrás conmigo y mandaremos dinero a tu tía, nos encargaremos de que alguien se ocupe de ella —dijo Márquez.

—No es tan sencillo.

Los dos se levantaron de las piedras a orillas del río y caminaron de nuevo hacia el castillo. La mayor parte de los siervos hablaban de sus caminatas y criticaban secretamente a la pareja, pero eso no les importaba. No sabían el tiempo que podrían estar juntos, por lo que aquellos paseos eran lo único que tenían.

55

Wittenberg, 12 de junio de 1521

—Hoy emprenderéis el viaje hasta el refugio de Martín Lutero. Llevaréis en todo momento dos soldados del príncipe y en ningún caso podréis quitaros la venda que os cubre los ojos. Si lo hiciereis, seréis devuelto a Wittenberg —dijo Melanchthon a Marcos Schätzing, mientras le colocaba una tela negra en los ojos.

El joven se estremeció al quedarse a oscuras. Sabía cuál era su misión, pero nunca había sido consciente de que podía acarrearle la muerte.

Le llevaron entre dos hombres hasta la carroza y, antes de que comenzara a moverse, Melanchthon se aproximó al joven y le dijo:

—Dios os pagará este servicio que hacéis a su causa.

Marcos sabía que aquellas palabras podían interpretarse de muchas maneras, para él no había más causa que la del emperador. Si aquel hereje no moría, la cristiandad podía encontrarse en peligro.

—Moriré por servir a la causa de Dios —dijo Marcos sin emoción en la voz.

Melanchthon le dio la mano y el carro se puso en marcha. El profesor le agarró fuerte hasta que la velocidad aumentó y soltó su mano.

Marcos sintió los traqueteos del carro sobre el empedrado y los latidos de su corazón. Nunca había estado tan cerca de cumplir su misión.

Melanchthon regresó a casa con la sensación de que debía haber sido él y no aquel joven el que marchara al encuentro de su amigo, pero no podía desatender las clases y, además, Lutero le había elegido como uno de los pastores de la ciudad.

56

Roma, 13 de junio de 1521

León X tomó la carta y la echó al fuego. Después se dirigió a la cama y rezó antes de tumbarse. No tenía mucho sueño y las palabras del emperador retumbaban en su cabeza. Tropas de Solimán el Magnífico avanzaban hacia Belgrado. Todos sus intentos por conseguir una coalición cristiana que se enfrentara a los infieles habían fracasado. España y Francia permanecían en franco conflicto desde hacía cinco años, Alemania se encontraba revuelta por las herejías de Lutero y el turco avanzaba casi sin obstáculos. Afortunadamente, Carlos V y la República de Venecia estaban dispuestos a hacer algo.

Hungría estaba en peligro pero, lo que era peor, Viena y el norte de Italia serían los próximos objetivos de los turcos.

Intentó dormirse, pero no pudo. En un momento en el que la unidad era tan importante, la cristiandad luchaba entre sí. No quería pasar a la historia como el Papa que había contribuido a destruir el último baluarte del cristianismo.

Las cosas aún podían solucionarse. El emperador le anunciaba que, antes de que el mes llegara a su fin, Lutero habría muerto. Alemania no tardaría en regresar al redil y Francia terminaría por ceder ante la presión de los otros reinos.

Ese maldito Lutero les había distraído demasiado tiempo, desviándoles la mirada del verdadero problema, el turco, pero ahora tenía que escribir varias cartas y conseguir una coalición antes de que finalizara el verano.

57

Castillo de Wartburg,
13 de junio de 1521

La carroza se detuvo frente al castillo y los dos soldados ayudaron a descender al joven. Después de dos días sin ver nada, la luz del sol le cegó hasta el punto de no distinguir nada en unos minutos. Cuando al fin recuperó la vista, observó el castillo. No lo reconoció, pero sabía que estaba cerca de Wittenberg. Los soldados habían realizado un rodeo, para que creyera que estaban a mayor distancia.

Frente a él había un hombre joven, con la barba castaña, la piel pálida y unos grandes ojos marrones. Se aproximó a él y le inspeccionó por unos instantes.

—Espero que cumpla todas las normas que le han exigido para realizar su trabajo. El doctor Martín está en peligro y cualquier negligencia podría costarle la vida —dijo el hombre.

—Sí, señor. Mi intención es ayudar, no causar problemas —contestó Marcos.

—No puede salir del castillo, no puede hablar con nadie a excepción de Lutero y yo. Debe llamar al señor Martín, caballero Jorge. Si incumple alguna de estas normas le devolveremos a Wittenberg, pero si pone en peligro la vida del doctor Martín, yo mismo le mataré.

Marcos sintió cómo un escalofrío le recorría la espalda. Aquel hombre hablaba en serio. Felipe Diego de Mendoza le había hablado de él, se conocían de las guerras de Italia y sabía lo duro y sanguinario que podía ser Juan Márquez.

—No se preocupe, ni se enterará de que estoy aquí —dijo el joven.

Juan Márquez le miró con desconfianza, no le gustaba que bromearan con ese tipo de cosas. Vigilaría estrechamente al estudiante. Sabía que los enemigos de Federico de Sajonia eran capaces de cualquier cosa por terminar con Lutero.

58

Castillo de Wartburg,
14 de junio de 1521

Lutero no vio a su nuevo ayudante hasta el día siguiente. Intentaba dormirse pronto, para levantarse a primera hora. En los últimos días, el calor comenzaba a ser asfixiante. No era normal que a finales de la primavera se llegaran a esas temperaturas, pero aquel año hacía mucho calor.

El joven llegó acompañado de Juan Márquez. Era un rubicundo y espigado estudiante, sabía perfectamente francés, español y alemán. Muchos de los ciudadanos de Flandes tenían facilidades para los idiomas. Además, dominaba el griego perfectamente y en el tiempo que había pasado en Wittenberg se había enfocado en el estudio del Nuevo Testamento.

El trabajo de Lutero avanzaba a buen ritmo, pero que un ayudante le pasara su traducción a limpio aceleraría el proceso.

—Doctor Martín, le presento a Marcos Schätzing —dijo Juan Márquez.

—Doctor Martín, ardía en deseos de conoceros. El profesor Melanchthon me ha hablado mucho de vos; de hecho, es el culpable de que esté aquí.

—Muchas gracias, pero yo soy un simple profesor de Biblia —dijo Lutero, al que no le gustaban mucho los elogios.

—Toda Wittenberg espera su regreso, qué digo, toda Alemania está deseando veros de nuevo al frente de las reformas que la Iglesia necesita.

—Bueno, nuestro trabajo aquí es más modesto, tenemos que traducir la Biblia al idioma de la gente corriente. Que cada alemán pueda leer la Palabra de Dios.

—Es un proyecto ambicioso, será un honor colaborar con vos.

Lutero enseñó al joven sus notas, le explicó su trabajo y le mostró su escritorio.

—Trabajaremos de cinco de la mañana a dos de la tarde, el resto del tiempo lo tendrá libre —dijo Lutero.

—Para eso estoy aquí.

—Espero concluir la traducción del Nuevo Testamento antes de que termine el otoño. No sé cuánto tiempo permaneceré aquí, por eso es mejor enfocarse en el trabajo —afirmó Lutero.

—He venido para serle útil.

—Muchas gracias por su ofrecimiento y bienvenido —dijo Lutero dejando su tono serio. Después ofreció al joven parte de su desayuno y los dos comenzaron a charlar sobre Wittenberg. Lutero tenía muchas preguntas que hacerle.

59

Las preocupaciones invadían la mente de Melanchthon. La Sorbona había condenado los libros de Lutero y el mundo académico en general le daba la espalda, pero ése no era el mayor problema de Lutero y sus seguidores.

Los libros del monje eran quemados por los hombres del emperador por toda Alemania. Aunque volvían a imprimirse más rápidamente de lo que se destruían y no había convento que no tuviera todas las obras del hereje, para desesperación de Roma.

Los debates sobre los temas más diversos corrían por toda Alemania, muchos sacerdotes querían abandonar el celibato y la marea reformadora invadía la nación sin que nadie pudiera impedirlo.

Federico de Sajonia reunió una comisión de teólogos para discutir los puntos más polémicos, pero algunos no estaban dispuestos a esperar el visto bueno del príncipe o de Lutero.

Carlostadio, uno de los profesores de la universidad, comenzó a dar la Santa Cena en las dos especies como simples símbolos de la muerte y resurrección de Cristo, dejando de lado el sacrificio de la misa. Además, en muchos monasterios se obligaba a las monjas a dejar los hábitos y a los monjes se les animaba a casarse.

Bucero y otros reformadores comenzaban a casarse, pero todavía se lograba mantener el orden a duras penas.

Melanchthon intentaba moverse en el estrecho margen de la legalidad para no perder el favor de Federico y a la espera de que Lutero regresara para confirmar la verdadera dirección de la reforma, pero a Martín aún le quedaba una larga espera en su refugio secreto.

60

Castillo de Wartburg, 18 de junio de 1521

Desde hacía más de una semana, Juan Márquez y Elisabeth paseaban por el bosque tomados de la mano. Habían planeado ir a España cuando el soldado se liberara de su servicio a Lutero. Sabían que eso podía ser un mes o un año, pero mientras permanecieran juntos les daba igual.

—¿Cómo van tus avances en lectura? —preguntó Juan.

—Muy bien, el doctor Martín dice que leo mejor que muchos cardenales.

El joven sonrió al ver el rostro de felicidad de la mujer.

—Me ha dejado un par de libros para que los lea en casa, aunque lo hago a escondidas para que no me vea mi tía.

—Creo que debería hablar con ella —dijo el joven.

—No, es mejor que no lo hagamos por ahora —dijo Elisabeth.

—Estoy poniendo en peligro tu reputación. Cualquier día alguien nos verá en uno de nuestros paseos y se lo dirá.

—No es el momento.

Juan se limitó a cruzarse de brazos. Por él, la hubiera pedido en matrimonio y se hubieran casado en la pequeña iglesia del pueblo.

—¿No te gusta leer? —preguntó Elisabeth cambiando de tema.

—Los soldados no leen —contestó Juan.

—Eso es una bobada. Puede leer cualquiera —dijo la joven.

—¿Puede luchar cualquiera? No. Dios hizo a unos para trabajar, a otros para orar y leer... cada uno tiene su función.

—¿Por qué? Dios no hizo a nadie campesino o noble, son los hombres los que han convertido a sus semejantes en reyes o en esclavos —dijo la joven.

—¿Eso viene en tus libros? —preguntó Juan.

—No, simplemente tenemos que mirar a nuestro alrededor.

Juan se paró delante de la joven y la besó en la mejilla. Ella se quedó petrificada. Nadie la había besado nunca.

—¿Esto lo pone en tus libros? —preguntó Juan después de besarla en los labios.

La joven cerró los ojos y sintió cómo sus pies se despegaban del suelo. Sin duda, aquello era amor y esperaba disfrutarlo el resto de su vida, pero un peligro acechaba a su felicidad.

61

Lutero repasó de nuevo el texto y después se lo entregó a su ayudante. Desde que Marcos había llegado, el trabajo avanzaba a buen ritmo. Además, la compañía de alguien culto animaba sus días, aunque había algo en el joven que no terminaba de convencerle.

—Creo que la traducción no es exacta —dijo Marcos señalando el papel.

—Es que la idea es demasiado vaga, tenemos que elegir entre varias palabras. Traducir es mucho más que transcribir, en cierto sentido se trata de interpretar —dijo Lutero.

—Sin duda, pero esto es más que interpretar —contestó el joven.

—¿Cómo lo pondrías tú?

Marcos se quedó pensativo. Odiaba la perpetua sonrisa del monje, detestaba su simpatía y cariño, sabía que no era más que un diablo disfrazado de cordero.

—Dejémoslo así —dijo al final el joven.

—Muy bien.

Los dos hombres continuaron su trabajo hasta que Marcos le preguntó a Lutero:

—¿Realmente merece la pena vivir de esta manera?

Martín le miró asombrado. Él mismo se había preguntado eso mismo muchas veces. Cuando descubrió la libertad de la fe pudo haber optado por vivirla para sí, disfrutar de ella e incluso dejar el sacerdocio y dedicar el resto de su vida a indagar por su cuenta en las Escrituras, pero no se puede ocultar una luz. Dios no le había mostrado aquello para que lo guardara para él.

—Hay muchas cosas en la vida que no buscamos, pero Dios se encarga de ponerlas en nuestro camino.

—¿Estáis insinuando que Dios os mandó que dividierais a su Iglesia? —preguntó el joven.

—No, simplemente quiso que predicáramos lo que pone en su Palabra. Dios no se ha molestado en revelarnos lo que piensa para que luego nosotros hagamos lo contrario —dijo Lutero.

—¿Por qué os eligió Dios?

—No lo sé, Marcos.

—Si es cierto lo que decís, ¿no hubiera sido mejor que Dios eligiera a un Papa o a un alto cargo de la curia?

—No hay mayor ciego que el que no quiere ver. Roma ya está pagada con sus acciones humanas y sus riquezas, Dios únicamente se muestra a los que le buscan de todo corazón —afirmó Lutero.

—Él puso un orden en la Iglesia —dijo el joven.

—Sí, pero los hombres crearon los cargos y las autoridades. La vida de los primeros apóstoles fue sencilla y arriesgada, pero sus sucesores viven en borracheras y orgías, mientras el pueblo se pierde.

—Eso es una acusación muy grave.

—Simplemente puede viajar a Roma y comprobarlo. Yo estuve hace unos años y lo que vi no fue precisamente piedad y pobreza —señaló Lutero.

—Los príncipes de la Iglesia merecen estar rodeados de la majestad que corresponde a Cristo —acotó el joven.

—Cristo vivió pobre y nos encomendó a nosotros el ministerio de la reconciliación. Su reino no es de este mundo. Él desechó a los príncipes y teólogos de su tiempo —contestó Lutero.

—Pero vos os apoyáis en los príncipes —dijo el joven.

—Los príncipes son hombres y, como tales, pueden acercarse a Dios. No voy a arrancar a la Iglesia de las manos del Papa para arrojarla al pie de los príncipes —declaró Lutero.

—Pues eso es lo que parece que estáis haciendo —afirmó el joven, ofuscado.

—Entonces, ¿qué hacéis aquí? —preguntó Lutero.

El joven acarició la daga oculta bajo sus ropas. Luego pensó que todavía no era el momento. Debía despreciarle aun más antes de mandarlo al infierno, el único lugar que le correspondía.

62

Castillo de Wartburg,
19 de junio de 1521

Era de noche cuando Elisabeth marchaba de regreso a casa. Normalmente le acompañaba Juan, pero ese día el español se había quedado charlando con Lutero. Hacía fresco después de todo un día de agobiante calor. La joven notó cómo se escalofriaba su piel debajo del vestido sudoroso y se agarró los brazos. Comenzó a caminar más deprisa a medida que se alejaba del castillo y contempló las luces del pueblo en la distancia.

Unos pasos detrás de ella la alertaron, por lo que miró hacia atrás. Un hombre la seguía a cierta distancia. Elisabeth aceleró el paso, pero el extraño también lo hizo. Cuando la mujer intentó correr, pudo sentir el aliento de su perseguidor en la nuca. Intentó pronunciar una oración, pero no le dio tiempo. El extraño la tiró del pelo y ella se detuvo de inmediato, después la arrastró a un lado del camino y, cuando se introdujeron entre las sombras del bosque, Elisabeth pensó que nunca más vería la luz del sol.

Unos minutos más tarde, el hombre regresó al sendero con la respiración alterada y sonriente, se dirigió hacia el castillo silbando y se introdujo por una de las puertas.

Elisabeth logró levantarse y caminar hacia su casa. Tenía las piernas ensangrentadas, la cara sucia por las lágrimas y el barro. Apenas disimulaba su rostro desolado. Cuando llegó a casa, su tía se acercó a ella preocupada. No medió palabra, le quitó las ropas, lavó su cuerpo con esmero y la dejó descansar en su cama.

63

Lutero esperó en vano a su alumna. Al final decidió enfocarse en sus oraciones antes de que llegara su ayudante. Después de trabajar durante toda la mañana, Juan llegó a la habitación y preguntó por la joven, pero nadie la había visto ni sabía nada.

—Estará enferma —dijo Lutero al ver la cara de preocupación del joven.

—¿Os importa que vaya al pueblo para comprobarlo? Justo ayer Elisabeth regresó sola a casa y me preocupa que le haya pasado algo.

—No os preocupéis por mí —dijo Lutero sin darle mucha importancia.

Juan caminó con paso rápido la distancia que les separaba del pueblo, llamó a la casa de la joven y, después de un rato de espera, le abrió una anciana de pelo blanco y apagados ojos grises.

—Perdone la molestia, quería saber si Elisabeth se encontraba bien.

La anciana miró con inquietud al joven y titubeó unos instantes, pero al final le dijo que Elisabeth estaba enferma, pero que no tardaría en recuperarse, aunque evitó contarle el percance de la noche anterior. La violación era algo muy mal visto y, si la gente llegaba a enterarse, Elisabeth no encontraría marido nunca.

El joven regresó pensativo al castillo. Las palabras de la tía de Elisabeth no le habían tranquilizado mucho, pero al menos sabía que se encontraba bien. Mientras se acercaba a la torre, una inquietud le asaltó de repente y comenzó a subir las escaleras corriendo. Tenía la corazonada de que algo terrible estaba a punto de suceder.

64

Castillo de Wartburg, 20 de junio de 1521

Los dos hombres pararon de trabajar y empezaron el almuerzo. Lutero comió lentamente, sin mucho apetito. En los últimos días habían regresado sus molestias estomacales y apenas podía probar bocado. Su joven ayudante comió con voracidad y en diez minutos había acabado con todo su plato. Después tomó una manzana del cestillo que estaba sobre una de las mesas y comenzó a pelarla.

—Doctor Martín, ¿qué pensáis sobre la guerra? —preguntó el joven.

—Es la peor plaga del hombre. Siempre fallece gente inocente y enriquece a los que la provocan —respondió Lutero.

—Pero hay guerras justas —comentó Marcos.

—Hay guerras inevitables, pero ninguna es justa. La misma esencia de la guerra es injusta. La muerte es siempre caprichosa y a veces alcanza al inocente y libra al culpable.

—Pero, ¿qué me decís de cuando se logra eliminar al enemigo, cuando la espada atraviesa el corazón del infiel y se salva a la cristiandad? ¿No es acaso una causa justa? —preguntó Marcos.

—Dios es el que debe juzgar a los hombres y acortar sus días. La justicia humana es caprichosa y en la mayoría de los casos actúa guiada por la venganza o la ira —respondió Lutero.

—Los musulmanes se aproximan por Hungría al corazón de Europa, ¿deberíamos cruzarnos de brazos mientras destrozan nuestras ciudades y violan a nuestras mujeres? —preguntó el joven, enfadado.

—La ira del hombre no obra la justicia de Dios —dijo Lutero alzando el tono de voz.

—Aunque la justicia no sea perfecta, sin ella reinaría el caos —comentó el joven.

—Por eso es un mal necesario, pero Dios apoya la justicia ordinaria —indicó Lutero.

El joven observó la figura delgada del monje. Después miró la navaja que tenía en la mano y pensó que aquel era un buen momento para terminar su trabajo y regresar a casa.

65

Cuando Lutero vio el cuchillo en la mano de su ayudante no sintió nerviosismo ni miedo, como si llevara meses esperando ese final.

—Haz lo que tengas que hacer —dijo el monje sin moverse de la silla. Después se encomendó a Dios y esperó la puñalada con los ojos cerrados.

El joven se puso en pie, se limpió el puñal en el traje y con la mirada fría e inexpresiva se aproximó a Lutero.

—Se os dio la oportunidad de retractaros, el emperador os ofreció las máximas garantías, aun a riesgo de enemistarse con el Papa, pero vuestra arrogancia estaba por encima del bien de toda la cristiandad. Es mejor que muera un hombre por todo el pueblo.

—Veo que usáis el mismo argumento que utilizaron los enemigos de Jesús. Los hombres no hemos cambiado tanto —dijo Lutero abriendo de nuevo los ojos.

—¿Os comparáis con nuestro Señor? —preguntó el joven con cara de desprecio.

—No es mejor el siervo que su Señor, si a Él le persiguieron, es normal que lo hagan también a aquellos que confiesan su nombre —contestó Lutero.

—Blasfemáis una vez más, os desprecio. Desprecio vuestro trabajo —dijo arrojando las hojas al suelo.

—Es la Palabra de Dios —dijo Lutero mientras hacía el amago de recoger sus apuntes.

—Son papeles. Las Sagradas Escrituras no deben leerse en lenguaje vulgar, el culto a Dios no puede convertirse en una representación burlona de campesinos incultos y prostitutas —dijo el joven.

Lutero se enfureció y se puso en pie. Era un hombre fuerte a pesar de haber dedicado toda su vida al estudio.

—¿Le hicisteis algo a Elisabeth?

—Osasteis enseñarle a leer y escribir. Dios no quiere que las mujeres enseñen a los hombres. ¿Acaso no conocéis la Biblia de la que tanto habláis?

—¡Maldito seáis! —gritó Lutero tomando el cuchillo de su plato.

—¿Vais a matarme, maldito hereje? —dijo el joven.

Marcos hincó el cuchillo en el brazo del monje y este soltó su arma con un alarido de dolor. Después dio dos pasos y puso su puñal sobre el pecho de Lutero. En ese momento se abrió la puerta y Juan se abalanzó sobre él. Los dos forcejearon y se cayeron al suelo. Marcos acercó el puñal hasta el rostro de Juan, pero éste logró separar la mano. Después intentó sacar su espada, pero no pudo, su cuerpo aplastaba el arma y la presión de la mano hacia imposible sacarla de debajo. Logró derrumbar a Marcos sobre su espalda y desenvainar su arma, pero el joven se puso en pie y se colocó detrás de la mesa.

Juan lanzó varias estocadas, pero Marcos las esquivó con agilidad. Se aproximaron hasta la ventana y Juan logró encerrar al asesino.

—Servís al diablo —dijo Marcos mientras su puñal rozó el cuello de Juan.

—El diablo se viste de muchas formas, maldito cobarde —dijo Juan empujando al asesino.

Marcos se apoyó en la ventana y Juan le empujó con todas sus fuerzas, se escuchó un crujido y después la ventana estalló en mil pedazos. El asesino intentó aferrarse a su enemigo, pero perdió en el último segundo el equilibrio y se quedó colgando de una mano sobre el abismo.

Juan se quedó mirando. Después extendió la mano para ayudar al asesino, mientras éste levantó el cuchillo que aún conservaba en la otra mano y le rozó la cara, pero aquel gesto le desestabilizó. Marcos miró a Juan antes de que sus dedos se terminaran de escurrir, después dio un gran alarido y su cuerpo se despeñó por el precipicio.

66

Worms, 21 de junio de 1521

Felipe Diego de Mendoza intentó pensar en mitad del bullicio de la posada, pero tenía la mente en blanco. Llevaba casi un mes sin tener noticias de su hombre y se temía que le hubiera sucedido algo. Aunque lo peor de todo era que no tenía manera de localizar el escondite de Lutero. A petición de Marcos Schätzing, nadie había seguido a los hombres que le habían llevado a la guarida del monje hereje, por lo que ahora no podían ir en su ayuda.

El español apuró la cerveza y decidió poner en funcionamiento un nuevo plan. Se centrarían en la zona próxima en la que habían perdido el rastro de Lutero y, por muy oculto que estuviera, terminarían encontrándolo. El emperador estaba cada vez más impaciente y enfadado. Nadie acataba su edicto y el hereje estaba en libertad.

Felipe salió de la posada y buscó a sus hombres. La mayoría se encontraba descansando junto al río. Apenas disponía de media docena de soldados, pero eran suficientes para cubrir la zona en la que podía estar oculto Lutero.

—Hoy mismo saldremos en la búsqueda de Martín Lutero. En un mes nos reuniremos en la ciudad de Frankfurt —dijo el capitán a sus hombres. Todos asintieron con la cabeza—. Nos adentraremos en unas zonas peligrosas, no desveléis vuestra identidad ni el objetivo de vuestra misión.

Los soldados tomaron sus cabalgaduras y, después de dividirse las ciudades y aldeas que tenían que registrar, se separaron con la promesa de volverse a reunir en un mes.

Felipe Diego de Mendoza observó cómo sus hombres partían hacia diferentes direcciones y tomó su caballo. Él se había reservado la región más próxima al sitio en el que desapareció Lutero. Si lo encontraba con vida, no duraría en degollarle antes de que pudiera decir una blasfemia más.

67

Castillo de Wartburg, 23 de junio de 1521

Después de deshacerse del cadáver dos días antes, Juan parecía más preocupado que de costumbre. Temía que aquel traidor no fuera el único enviado por el emperador para matar a Lutero. El joven estuvo dos días registrando todas las casas de los alrededores y preguntando a los lugareños, pero al parecer no había ningún forastero en la zona. Sin embargo, aquella no era su única preocupación. Elisabeth llevaba tres días encerrada sin salir de casa. Su tía decía que estaba enferma, pero Juan sabía que pasaba algo más.

Lutero intentó volver a su rutina y olvidar el terrible incidente, pero le costaba concentrarse y por las noches sufría unas pesadillas terribles. Tenía miedo a morir, aunque si le hubieran preguntado unos días antes si temía la muerte habría respondido que no, ahora notaba el temor acumulado de los últimos meses. Pero lo que realmente le horrorizaba era el odio que sentían por él. No entendía por qué la gente le aborrecía sin ni siquiera conocerle.

Elisabeth había pasado los dos últimos días en cama. No tenía fuerzas para nada. Afortunadamente, su tía la cuidaba de día y de noche. Por las noches sufría unas terribles pesadillas. Su mente repetía una y otra vez lo que había pasado unos días antes y apenas podía dormir. Juan había ido a verla en varias ocasiones, pero ella se había negado a recibirle. Sentía una mezcla de vergüenza, tristeza y rabia, difícil de expresar.

La tía de Elisabeth le había insinuado que, si en unas semanas se manifestaba su embarazo, debería matar al niño, pero la joven no quería pensar en eso. Cuando llegara el momento ya tomaría la decisión.

Los tres continuaron durante varias semanas encerrados en sus propios pensamientos y preocupaciones, hasta que un nuevo incidente volvió a unirles de nuevo.

68

Wittenberg, 29 de junio de 1521

Las cosas comenzaban a descontrolarse en la ciudad. Melanchthon se sentía sobrecogido por los acontecimientos y escribía diariamente a Lutero pidiendo consejo. En las últimas semanas, los estudiantes, que ya habían terminado las clases, se mostraban exaltados y querían emprender las reformas por la fuerza.

Los disturbios se sucedían por la ciudad y las autoridades no eran capaces de controlar la situación. Los radicales tomaban las calles y agredían a los sacerdotes y monjes que se negaban a romper sus votos o desligarse de Roma.

Melanchthon desaprobaba las posturas radicales de sus alumnos, pero los consejos y cartas de Lutero parecían alentar los cambios más extremos. En las últimas semanas, el contenido de las cartas era más duro contra los papistas, sobre todo después de sufrir el último atentado. Melanchthon se sentía culpable por haber sido tan ingenuo y haber confiado en aquel joven para que ayudara a su amigo.

Las cartas salían diariamente por una vía secreta y cambiaban varias veces de manos antes de llegar a Lutero. Melanchthon temía que volvieran a atentar contra su amigo y Lutero le había hablado de que Federico quería que se escondiera en Praga, pero Lutero no quería alejarse de Alemania y estaba deseando regresar a Wittenberg, aunque eso supusiera su muerte.

Lutero enviaba su trabajo terminado cada semana para que Melanchthon lo supervisara y corrigiera. La traducción de la Biblia se había convertido en la última obsesión de su amigo, como si temiera morir antes de concluir su trabajo. Muchos se oponían a tener la Biblia en alemán, pero eso no le importaba mucho. Cuando el libro estuviera acabado y se llevara a la imprenta, ya nadie podría parar la reforma de la Iglesia.

69

*Castillo de Wartburg,
3 de julio de 1521*

Aquella luminosa mañana de verano, Elisabeth regresó a su trabajo como si no hubiera sucedido nada. Su semblante era triste y no quiso reanudar sus clases de lectura, pero seguía mostrándose amable con Lutero y cordial con Juan.

La joven se ocupaba de sus tareas con esmero, pero no atendía a las bromas de Lutero o los halagos de Juan. Su mirada parecía ausente y apenas esbozaba una sonrisa cuando Lutero la saludaba con su habitual entusiasmo.

—¿Qué os sucede? Lleváis semanas melancólica. ¿Dónde está la joven alegre que conocí? —preguntó Lutero.

—Ha muerto —respondió Elisabeth muy seria.

—No puede ser. No debe morir nunca la felicidad ni la belleza, siempre hay razones para vivir —afirmó Lutero.

—Hay cosas que no tienen remedio y problemas que nunca podremos resolver. Tal vez he comprendido que la vida es resignación —señaló la joven.

—¿Resignación? No conozco esa palabra y, por lo poco que os conozco, vos tampoco. Únicamente se resignan los cobardes y, si hay uno en esta habitación, no sois vos —expresó Lutero.

—Si supierais las veces que he deseado lanzarme por esa ventana.

Lutero observó inquieto la ventana. Aquellas palabras eran las de una mujer desesperada.

—¿Queréis que os confiese?

La joven miró al hombre con los ojos brillantes por las lágrimas e hizo un gesto afirmativo con la cabeza.

70

Zwickau, 20 de julio de 1521

Nicholas Storch tenía que hablar de inmediato con Tomás Münzer. La Reforma estaba en peligro y juntos debían liderar los cambios de la Iglesia. Lutero llevaba ausente meses, muchos decían que había muerto y otros que estaba intentando llegar a un acuerdo con los papistas. De una forma u otra, Storch estaba convencido de que el monje agustino nunca llevaría la Reforma hasta sus últimas consecuencias.

Se habían citado en Zwickau, ya que las autoridades de Wittenberg se oponían frontalmente a las ideas de «Los profetas». El príncipe Federico había aleccionado bien a sus dos perros fieles, Antón Niemegk y Cristiano Beber, para reprimir cualquier tipo de reforma de calado.

Storch creía que era el momento de que la Reforma caminara sola, sin la pesada tutela de los príncipes, que únicamente defendían sus intereses frente a los del emperador.

Tomás Müntzer esperaba a su amigo en los límites de la ciudad, cerca de un sendero que bordeaba el bosque. Los dos hombres se saludaron efusivamente y después pasearon como un par de amigos en un día de fiesta.

—Estimado Müntzer, las cosas no pintan bien en Sajonia. El elector parece dispuesto a erradicarnos a sangre y fuego. Tus amigos, los profesores de la universidad, y el propio Lutero, no dejan de escribir en nuestra contra.

—Lutero no sabe lo que realmente está pasando. En cuanto le escriba advirtiéndole del peligro que corren las reformas, parará los pies a Federico —dijo Müntzer, que era amigo y discípulo de Lutero.

—No estoy tan seguro. Lutero debe su vida a Federico y no se atreverá a contravenirlo.

—Lutero se enfrentó al Papa y al propio emperador a la cara, ¿por qué iba someterse a un príncipe? —preguntó Müntzer.

—Porque Lutero piensa que la Reforma necesita el apoyo de los políticos, desconfía de una reforma desde abajo —dijo Storch.

—Lutero es hijo de un minero y conoce el sufrimiento al que está sometido el pueblo. En sus escritos ha condenado la actitud de los príncipes —indicó Müntzer.

—Tan sólo en parte.

—En cuanto regrese, las cosas cambiarán.

—Lutero no apoya el bautismo de los adultos y se niega a condenar francamente el celibato, entre otras ideas erróneas. No se atreve a romper por completo con las tradiciones —señaló Storch.

Müntzer se quedó pensativo. Apreciaba a Lutero, le consideraba el padre de la Reforma y el hombre que había devuelto su dignidad a Alemania. Era cierto que se mostraba dubitativo con ciertas reformas, pero no debía ser fácil estar aislado de todo en su encierro voluntario.

—Que «Los profetas» no hagan nada hasta que yo logre hablar con Lutero —apuntó Müntzer.

—Lo intentaré, pero no disponemos de mucho tiempo. Los príncipes se organizarán y reprimirán todo intento de cambiar las cosas. Ahora es el momento de actuar, cuando todo el mundo está lo suficientemente confuso como para no reaccionar —dijo Storch.

—Será lo que Dios quiera —sentenció Müntzer. Su compañero asintió con la cabeza y los dos se dirigieron de nuevo al pueblo para participar en la reunión de la tarde.

71

Después de semanas sin hablar con la joven, Juan no pudo aguantar más y se acercó a Elisabeth mientras sacaba agua del pozo. La observó sin decir palabra y después la ayudó a sacar el cubo.

—Gracias —dijo la mujer sin levantar la vista.

—Elisabeth —dijo Juan, pero no supo cómo continuar.

La mujer le miró con los ojos humedecidos. Su rostro parecía más maduro, como si en las últimas semanas se hubiera convertido en la mujer hermosa y sencilla en la que estaba abocada a convertirse.

—Por favor, deja que me marche —dijo la mujer cuando Juan la tomó del brazo.

—¿Qué ha pasado? ¿Por qué hace semanas que no hablas conmigo y huyes cada vez que me ves?

Elisabeth se limitó a mirarle, después unas lágrimas corrieron por sus mejillas, por lo que Juan la abrazó. La joven lloró desconsoladamente en su hombro. El simple contacto con él y el olor de su piel la devolvieron a la vida, como si él fuera el sol que iluminaba toda su existencia.

—Lo siento —dijo la joven.

—No tienes nada que sentir.

La mujer se agarró instintivamente el vientre. Su tripa empezaba a crecer debajo del holgado vestido y no tardaría mucho en manifestar su embarazo.

—Estoy embarazada —dijo la joven. Después sintió la liberación que suponía el confesar a otro sus más íntimas preocupaciones.

Juan la miró sorprendido. Después la tomó de las manos y la miró directamente a los ojos.

—¿Quieres casarte conmigo?

—No me has oído —dijo la joven confusa.

—Sí.

—Entonces... —dijo la joven.

—¿Quieres casarte conmigo?

—Estoy embarazada, Juan.

—Creo que sería un buen padre.

—Me violaron...

El joven puso su mano sobre los labios de la joven. Después sonrió y le dijo:

—Para mí eres tan pura como el día en el que te conocí. No me caso contigo por compasión ni para salvar tu reputación, quiero casarme porque te amo.

La joven lo abrazó y, entre lágrimas, lo comenzó a besar.

—Sí, quiero casarme contigo —dijo emocionada.

Elisabeth tomó el cubo, pero Juan se lo quitó de las manos. Los dos se dirigieron hasta la cocina. La vida comenzaba a brillar de nuevo, pero en la lejanía nuevos nubarrones se cernían sobre ellos.

—Esta misma noche le pediré al doctor Martín que nos case —dijo Juan.

—Él nos unió, es justo que también nos case —contestó Elisabeth.

72

Castillo de Wartburg,
31 de julio de 1521

La ceremonia fue muy sencilla y emotiva. Elisabeth vestía un sencillo traje amarillo y un pequeño tocado en el pelo. Juan llevaba su uniforme de gala y unas relucientes botas negras. Únicamente había tres personas invitadas, dos amigas de la joven y su tía.

Lutero se puso en medio de los novios y su voz resonó en la pequeña capilla del castillo.

—Hemos venido hasta aquí para celebrar el enlace entre Juan Márquez y Elisabeth Maler. ¿Os presentáis ante Dios y estos testigos libremente?

Los novios respondieron afirmativamente con la cabeza y después se miraron el uno al otro. Todos pudieron comprobar que lo que unía a la pareja era un profundo amor, más allá de las nupcias concertadas por familias u obligadas por embarazos no deseados o por deudas, aquella era una boda por amor.

—Dios creó al hombre y a la mujer para que estuvieran unidos. Muchos han visto en esta relación algo sucio y pecaminoso, pero el matrimonio es la institución creada por Dios. Las Sagradas Escrituras dicen: *El hombre dejará a su padre y a su madre y se unirá a su mujer y serán una sola carne.*

Elisabeth miró a Juan y sonrió. Aquella mañana se sentía la mujer más dichosa de la tierra. Después de pasar unos meses horribles, con la carga de su hijo ilegítimo en el vientre, ahora Juan se convertiría en su marido. Aquel gesto le honraba, muchos hubieran huido al enterarse de que su prometida estaba embarazada por otro hombre.

Lutero terminó la ceremonia y los invitados se acercaron a felicitar a la pareja. Elisabeth abrazó a su tía y no pudo evitar que las lágrimas cruzaran sus mejillas pálidas. Le hubiera gustado que sus padres hubieran estado allí aquel día, pero debía conformarse con que la vieran desde el cielo.

—Gracias, doctor Martín —dijo el joven.

Lutero abrazó al soldado y sintió la misma ternura que si hubiera sido su propio hijo el que se casara. Llevaba varias semanas dando vueltas a la conveniencia del celibato, pero ahora ya no tenía dudas, el mejor estado era el del matrimonio.

Los novios celebraron un sencillo banquete en el patio del castillo. El día era caluroso, pero la alegría de los contrayentes animó la fiesta. La felicidad se apoderó por unas horas de aquella siniestra fortaleza que únicamente había servido durante años para causar muerte y dolor.

73

Castillo de Wartburg,
31 de julio de 1521

Desde aquel punto del bosque podía observar perfectamente la celebración sin ser visto. Felipe Diego de Mendoza vio con claridad a Lutero, que vestía de caballero y se había dejado la barba, también distinguió a Juan Márquez, el hombre encargado de protegerle y un viejo compañero de armas. Sin duda, celebraban una boda, una de esas famosas orgías heréticas de las que tanto se hablaba. Diego de Mendoza calculó sus posibilidades para caerles por sorpresa. Juan parecía el único soldado que custodiaba al hereje, que en ese momento se encontraba totalmente ajeno al peligro que se cernía sobre él.

Se aproximó unos pasos, pero Juan siguió sin percatarse de su presencia. Entonces surgió un golpe de suerte inesperado. Lutero se levantó de la mesa, hizo un gesto de disculpa y se marchó hacia la torre. Diego de Mendoza esbozó una sonrisa y empuñó su cuchillo. Se acercó con astucia hasta la torre y comenzó a subir las escaleras.

Juan brindó de nuevo, pero justo antes de beber vio por el rabillo del ojo una figura que se movía rápidamente. Empuñó la espada ante el asombro de los invitados y se dirigió corriendo hacia la torre. Los invitados dieron un grito de sorpresa y se levantaron de las sillas asustados.

El joven corrió sin aliento hasta la habitación, empujó la puerta con todas sus fuerzas y, cuando estuvo frente a su enemigo, pudo observar la cara de pánico de Lutero. El capitán le tenía cogido por la espalda con un cuchillo afilado sobre su garganta.

—Estimado Juan, no esperaba que os dierais cuenta de mi presencia tan pronto. ¿Por qué no volvéis a la boda y disfrutáis de vuestra esposa? Este hereje no merece que se vierta sangre española por él.

—El asesinato es un trabajo muy sucio para un soldado castellano. Si queréis matar a alguien, matadme a mí.

—Me temo que vuestra muerte no salvará a la cristiandad, pero la de este maldito bastardo sí. El honor y el valor consisten en cumplir con el deber, aunque éste puede cuestionar algunos patrones morales —dijo Diego de Mendoza.

—Os comprendo, pero será mejor que liberéis al doctor Martín, no dudaré en mataros, e imagino que preferís regresar sano y salvo a España y no descansar en un cementerio alemán frío y solitario.

—La muerte es buena en cualquier sitio —contestó Diego de Mendoza.

—Pues sea, soltad al prisionero y batíos, ya tendréis tiempo de asesinarle si me matáis antes a mí.

El capitán soltó a Lutero, que cayó al suelo agarrándose la garganta. Después sacó su espada y se puso en guardia. Juan se preparó para combatir. Por su mente paso la idea de que, justo el día de su boda, podía convertir a su esposa en viuda, pero después hizo una breve oración entre labios y se adelantó unos pasos.

Las espadas chocaron con fuerza y Juan embistió a su enemigo hasta arrinconarle en un lado de la habitación. Diego de Mendoza parecía sorprendido ante el envite de su adversario, pero logró parar los golpes y regresar al centro de la habitación. Juan rozó el brazo de su contrincante y le causó una pequeña herida.

—¡Maldición! —gritó Diego de Mendoza y arremetió contra Juan con todas sus fuerzas.

Las espadas siguieron chocando una contra la otra hasta que el pie de Juan tropezó contra la pata de la mesa y se cayó al suelo. Diego de Mendoza se abalanzó sobre él y estuvo a punto de atravesarle con la espada, pero un fuerte dolor en el costado le hizo girarse de repente. Una bella mujer le miró furiosa, el capitán puso su mano sobre la herida y después la contempló roja de sangre. Sin mediar palabra, se derrumbó sobre el suelo, con los ojos en blanco y el rostro demudado.

Juan se puso en pie y abrazó a su mujer. Lutero se acercó al cuerpo y comprobó que estaba muerto, después se acercó a la pareja y les dijo que se retiraran y mandaran venir a un par de criados.

—Es el día de vuestra boda y por mi culpa habéis tenido que vivir esto —dijo Lutero.

—Es mi deber protegeros —afirmó Juan.

—Vuestro deber es con vuestra esposa, pediré al príncipe que os libere de esta carga. No deseo que alguien os mate por defenderme. Marchaos ahora e intentad disfrutar de lo que queda de día.

—Puede que Mendoza no estuviera solo —alegó Juan.

—No creo que le acompañaran más hombres, de ser así te hubieran seguido al ver que subías a la torre —señaló Lutero.

—Por si acaso, pediré que dos hombres guarden la puerta de la torre —dijo Juan.

Elisabeth permanecía callada, sentía que su cuerpo temblaba y tenía ganas de vomitar, su cara estaba pálida y sus labios blancos. Cuando Juan la tomó de la mano, ella perdió el conocimiento y se desmayó en sus brazos.

Juan la tumbó en la cama y Lutero le acercó un poco de agua. Al sentir el frescor se despejó un poco. Miró a los ojos negros de Juan y volvió a perder el conocimiento.

74

El emperador Carlos revisó los papeles de la chancillería y después se recostó en el camastro. Sentía un ligero dolor de cabeza y un agudo malestar en la espalda, a la altura del cuello. Las últimas semanas, los asuntos de estado le habían llevado a la extenuación. Cerró los ojos y dejó que su mente pensara en sus felices años en Bruselas, cuando las responsabilidades de la vida eran algo lejano.

El turco había saqueado Belgrado y se acercaba peligrosamente a Austria. La situación en la península no era muy buena, a los problemas con los comuneros se había unido otra rebelión en Valencia y ahora Aragón parecía unirse a las regiones rebeldes. En Italia, Francia seguía con la intención de invadir el Milanesado y el Papa le presionaba para que actuara cuanto antes. Incluso en Alemania su autoridad era vulnerada. El Edicto de Worms era papel mojado y nadie lo respetaba. Los libros de Lutero se vendían libremente, el hereje se encontraba refugiado en algún paradero desconocido y sus espías no habían logrado darle caza.

Pensó que la única manera de sacar a Lutero de su guarida era lanzando un anzuelo lo suficientemente atrayente. Si llenaba Wittenberg de alborotadores, el hereje regresaría a casa para poner orden y ésa sería la mejor oportunidad para capturarle y traerle a España o Roma cubierto de cadenas.

Carlos sintió cómo el calor le asfixiaba, se desabotonó la camisa y añoró las frescas noches veraniegas de su hogar. Ahora tenía la responsabilidad de llevar sobre sus hombros el mayor imperio del mundo y en muchas ocasiones su pesado deber hacía que se sintiera profundamente solo.

75

Roma, 29 de agosto de 1521

León X no soportaba los veranos en Roma, por lo que solía viajar a una pequeña villa a las afueras de la ciudad. Aquel pequeño palacio era mucho más acogedor que la sede de Roma. Allí podía pasear por el jardín sin encontrarse decenas de secretarios, embajadores y todo tipo de burócratas de la Santa Sede.

Apenas se había llevado trabajo, se sentía mal y necesitaba descansar. En las últimas semanas había pasado varios episodios febriles, pero el contacto con la naturaleza le reanimaba.

Todas sus dudas se disipaban ante el maravilloso espectáculo de la creación. Aunque las piezas de la naturaleza parecían encajar a la perfección, el hombre se empeñaba por poner en orden un mosaico complejo y deforme, al que había llamado civilización. Ahora llegaban cada día nuevas noticias sobre las Indias Occidentales y, al parecer, lo que habían descubierto los españoles era un Nuevo Mundo.

A León le hubiera gustado viajar y recorrer las tierras de las que tanto había leído, pero sus deberes le ataban a Roma. Los papas nunca habían abandonado la ciudad a no ser a causa de fuerza mayor. León X releyó las cartas del emperador y no pudo evitar la preocupación que siempre desprendía Carlos, como si el mundo sólo dependiese de ellos dos y antes no hubiera logrado estar en equilibrio y orden. Pero él ya no era un muchacho que deseaba cambiar las cosas. Sus principales proyectos se habían visto obstaculizados por las nobles familias romanas, la ambición de los reyes cristianos y las herejías que se extendían por Europa, amenazando de nuevo con fracturar la cristiandad.

León X era demasiado viejo para creer que ciertas cosas eran evitables. Cada época tenía su signo y nada ni nadie podían cambiarlo. Para bien o para mal, intuía que comenzaba un nuevo mundo, tal vez mejor que en el que él había vivido, pero sin duda diferente.

76

Andreas Carlostadio y Gabriel Zwilling se habían convertido desde el verano en los verdaderos líderes espirituales del nuevo movimiento. Melanchthon veía con preocupación sus predicaciones encendidas, radicales e intolerantes, pero se sentía incapaz de parar la marea.

Lutero había escrito varias cartas conciliadoras en las que se llamaba al orden y la prudencia, pero su voz cada vez tenía menos peso en la ciudad. Melanchthon pensaba que Wittenberg se había convertido en una nueva ciudad de Corinto y que la gente había olvidado las enseñanzas de Lutero, como los corintios lo hicieron con las del apóstol Pablo, dándose a la carnalidad y a la anarquía.

Andreas Carlostadio tenía una formación muy parecida a Lutero, diez años antes se había doctorado en Teología y desde entonces se había dedicado a esa disciplina en la universidad y era un clérigo laico que aborrecía la estricta obediencia de las órdenes monásticas. Andreas había apoyado a Lutero desde el principio, pero desde que éste viajara a Worms, su postura se había radicalizado.

Al principio, sus reformas parecían lógicas y naturales, pero a medida que concentraba más poder, parecía que ya nadie podía discutir sus ideas.

Gabriel Zwilling era mucho más moderado, pero la personalidad de Andreas lo arrastraba hacia la idea de cambiar todas las cosas. Los estudiantes, tan dados a desear todo tipo de novedades, apoyaban a sus maestros con devoción y entusiasmo.

Federico veía con preocupación el giro que estaban dando las reformas, pero confiaba en que Lutero sabría poner orden en cuanto regresara. Aun así, prefería actuar con prudencia, los informes que poseía le hablaban del mal estado de salud del Papa, por lo que nadie creía que fuera a durar mucho. El príncipe sabía que aquel inmenso barco a la deriva necesitaba urgentemente a su capitán.

77

Castillo de Wartburg,
30 de septiembre de 1521

Lutero dejó la traducción a un lado y se frotó los ojos. En las últimas semanas había incrementado el ritmo de trabajo. Ya no soportaba su encierro en el castillo. Al principio había apreciado la quietud y tranquilidad de su refugio. Después de la difícil presentación de sus creencias en Worms, el descanso supuso un poco de aire fresco. Incluso durante las primeras semanas había pensado que lo mejor era estar alejado de los negocios de los hombres, pero a medida que los meses le atenazaban, una única idea circulaba en su mente: tenía que volver a Wittenberg. Dios le había puesto al cargo del pueblo y no podía ignorar por más tiempo que le necesitaban.

Se apartó del escritorio, se acercó a la ventana y contempló los campos que se preparaban para recibir de nuevo el mortífero abrazo del invierno. La Navidad estaba próxima y lo último que deseaba era pasarla entre aquellas cuatro paredes. Las únicas personas que le alegraban el día eran Juan y Elisabeth. La pareja poco a poco comenzaba a disfrutar de su matrimonio. Elisabeth estaba en un estado de gestación avanzado y a Juan se le veía cada día más ilusionado.

El joven entró en el cuarto y sacó a Lutero de sus pensamientos.

—Doctor Martín, ¿todavía estáis trabajando?

—Ya me queda poco, quiero terminar la tarea antes de regresar a Wittenberg.

—El príncipe no ve con buenos ojos vuestro regreso. El Papa todavía busca deteneros y mataros —afirmó Juan.

—No me importa morir, pero prefiero hacerlo al lado de mi rebaño. Es una cosa difícil de entender pero, cuando Dios te llama, te da un amor especial por su Iglesia, como si de repente tú dejaras de importar y los demás lo fueran todo —declaró Lutero emocionado.

—Al principio no lo entendía. Creía que usted era uno de esos farsantes que quieren aprovecharse del pueblo y destruir la Iglesia, pero hace tiempo que he comprendido que Dios le ha elegido para esta misión —dijo Juan.

—Hay misiones que un solo hombre no puede llevar sobre los hombros. Sin la ayuda de muchos amigos, no podría hacer nada —señaló Lutero.

—Lo entiendo, pero es a usted al que Dios ha elegido —indicó Juan.

—Todos somos reyes y sacerdotes, según la Biblia.

—Sí, pero hubo un Moisés o un rey David que llevaron a cabo la tarea que Dios les encomendaba —expresó Juan.

—¡Ay de mí si no predicara el evangelio! Las palabras de Pablo son las mismas que yo siento. Dios me lleva cautivo a su amor y no puedo evitar amarlo y, cuando lo amo, termino amando a los demás —dijo Lutero.

—¿Cómo puedo tener yo ese amor?

Lutero notó cómo se le hacía un nudo en la garganta y los ojos se le empañaban. Se acercó a Juan y le abrazó.

—¿Crees que Cristo murió por tus pecados? —preguntó Lutero.

—Sí, creo.

—¿Que resucitó al tercer día según las Escrituras?

—Sí, creo.

—¿Te arrepientes de tus pecados y te comprometes a vivir una vida nueva en Él?

—Sí.

—Pues ahora tú y yo somos hermanos, Juan —dijo Lutero volviendo a abrazar al joven.

Juan sintió un escalofrío y sintió cómo descendían las lágrimas por sus mejillas hasta la barba. Llevaba años sin llorar, pero una barrera invisible se había derrumbado. Ahora podía ver las cosas con más claridad.

78

Castillo de Wartburg,
1 de octubre de 1521

Juan se levantó temprano, se sentía invadido por un gran ánimo y unas inmensas ganas de vivir. Caminó silbando hasta la torre y subió las escaleras de dos en dos. Llamó a la puerta y vio a Lutero trabajando.

—Estimado Juan, buenos días —dijo con una sonrisa.

—Buenos días, he dormido sin despertarme una sola vez. Hacía tiempo que no me sentía tan fresco y descansado —indicó Juan.

—Ahora que habéis descubierto el poder de la gracia, es necesario que aprendáis a vivir en ella —dijo Lutero haciendo un gesto para que se sentara.

—¿Cómo puedo hacer eso? —preguntó Juan.

—Debéis conocer la Palabra de Dios y tener una vida de oración.

—¿Cómo debo orar? Apenas sé el Padrenuestro —afirmó el joven.

—Está bien que empecéis con esa oración, pero orar es hablar con Dios. Podéis charlar con Él como lo hacéis conmigo —expresó Lutero.

—Parece sencillo —dijo Juan.

—Habláis bien alemán, ¿queréis que os enseñe a leer en alemán? —preguntó Lutero.

Juan negó con la cabeza. El monje se tocó la barbilla, le extrañaba la falta de interés de su guardián.

—¿Por qué?

—Creo que mi cabeza no está hecha para las letras.

—Eso son tonterías —dijo Lutero—, todos podemos aprender a leer.

—Cada uno tiene su lugar en el mundo: unos leen, otros trabajan y otros luchan.

—Eso ha cambiado —dijo Lutero—, ese mundo del que habláis ha muerto. Ahora se abre una nueva era en la que todos los hombres volverán a ser hermanos, en la que la Palabra de Dios cambiará todo lo malo que hay en nosotros y preparará el regreso de nuestro Señor Jesucristo —dijo Lutero.

—El hombre no dejará de matar y destruir nunca —expresó Juan.

—El nuevo hombre sí dejará de hacerlo —recalcó Lutero.

Juan frunció el ceño, a veces le daba la sensación de que su maestro era demasiado bueno para entender la maldad del mundo.

—He visto de lo que es capaz el ser humano. El odio, el egoísmo y la avaricia es lo que mueve el mundo —explicó Juan.

—Pero cuando conozcan la gracia eso acabará —dijo Lutero.

—Todos no querrán conocer a Dios —apuntó Juan.

—No todos, pero sí muchos. Un nuevo mundo con nuevos hombres y mujeres. Una verdadera comunidad cristiana.

—Me gustaría creerlo —acotó el joven.

—Créelo y vamos a comenzar a hacerlo justo en Wittenberg y desde allí hasta los últimos confines de la tierra.

Los dos hombres se quedaron en silencio. Sin duda, Lutero era capaz de animar a un muerto. Juan apreciaba la energía y vitalidad que desprendía. Era de esas personas que hacían que las cosas parecieran fáciles. Prefería seguirle a él antes que a todos los capitanes y generales a quienes había servido durante su carrera militar.

—Pero, antes de cambiar el mundo, tú y yo tenemos una tarea pendiente —expresó Lutero tomando una hoja. Garabateó todas las vocales y le pidió a Juan que se sentara a su lado. El español se acercó y comenzó a ver las letras sobre el papel. De repente vio cómo un nuevo mundo se abría ante sus ojos. Las letras comenzaban a tener sentido para él, sus secretos estaban a punto de ser revelados.

79

Castillo de Wartburg,
10 de noviembre de 1521

Aquella mañana llegaron noticias esperanzadoras. Se rumoreaba que el Papa no se encontraba bien, unas fiebres extrañas y persistentes le mantenían en cama desde hacía días. En las últimas semanas escribía sin parar a sus amigos en Wittenberg. Las reformas en la ciudad marchaban bien, pero algunas posturas se radicalizaban cada vez más.

Juan había avanzado mucho y ya podía leer despacio. Elisabeth cumplía su quinto mes de embarazo y el frío invadía hasta el último rincón de Alemania. La última semana no había dejado de nevar y parecía que el tiempo no mejoraría hasta pasado el mes de diciembre.

Lutero revisó los papeles de la traducción y dio un grito de júbilo, había terminado.

—Doctor Martín, ¿qué sucede? —preguntó Elisabeth asustada.

—Lo hemos conseguido. El Nuevo Testamento está en alemán. Ahora el pueblo podrá leer la Palabra de Dios en su propia lengua.

—La mayoría de la gente no sabe leer ni escribir —dijo Elisabeth.

—Eso también habrá que cambiarlo —dijo Lutero.

—Pero, ¿cómo?

—Juan y tú ahora sabéis leer, podéis enseñar a vuestros hijos, además intentaré que el príncipe Federico abra una escuela en cada pueblo y aldea de Sajonia.

Elisabeth sonrió mientras con un gesto se tocaba la tripa.

—Ven y lee —dijo Lutero.

La joven se acercó y leyó un poco del libro de Hechos. Sus palabras parecían poesía a los oídos de Lutero.

—Este encierro ha servido al menos para algo —dijo Lutero después de guardar la traducción.

—¿Y ahora?

—Haré que escriban dos copias y una de ellas la enviaremos a la imprenta. Dentro de poco, nadie podrá detener a la Palabra de Dios.

Lutero se sentía eufórico. Tomó un poco de vino de la mesa y se lo bebió de un trago. Le hubiera gustado estar al lado de Melanchthon y otros colegas, pero estaba solo con Elisabeth y Juan.

—Dios siempre nos da mucho más de lo que nos quita —dijo Lutero.

—Eso es cierto —contestó Elisabeth acariciando de nuevo su vientre.

—Pensé que nunca lo terminaría.

—Bien está lo que bien acaba —dijo la joven.

—Por favor, tienes que llevarle el manuscrito a Juan, es necesario que lo lleve a Wittenberg para que hagan dos copias. Después me devolverá el original. Imagino que tardarán más de una semana, que lo deje allí y regrese —dijo Lutero.

Elisabeth tomó los papeles y bajó con ellos por las escaleras. Caminó por el castillo y le entregó la copia a Juan. Éste montó uno de los caballos y se dirigió a Wittenberg. Ya nadie podría parar la Reforma, aunque le mataran a él, pensó Lutero mientras veía cómo Juan se alejaba a lo lejos. Cuando el soldado se convirtió en una mota de polvo sobre el inmenso tapiz blanco, Lutero se puso de rodillas y agradeció a Dios su ayuda, sin Él no hubiera podido terminar aquel ingente trabajo.

80

Roma, 24 de noviembre de 1521

El médico salió de la habitación y los cardenales le rodearon enseguida. En sus rostros impacientes se veía temor y ansiedad. La elección de un nuevo Papa no era sencilla y menos en los tiempos que corrían. El rey de Francia tenía a su candidato y el emperador, el suyo. Además, en el último siglo la cristiandad se había dividido en varias ocasiones a causa de la injerencia de los reyes, creándose una sede papal en Aviñón y otra en Roma, con varios papas y antipapas.

—El Papa descansa, pero la fiebre no cesa —dijo el médico.

—¿Sobrevivirá? —preguntó uno de los cardenales.

—Eso es imposible de determinar. No es un hombre muy anciano, pero su salud se ha visto mermada en los últimos años —dijo el médico.

—¿Qué diremos al pueblo de Roma? —preguntó otro de los cardenales.

—Por ahora es mejor no decir nada —contestó el médico—, su estado actual puede durar semanas.

Las palabras del médico pusieron aun más nerviosos a los cardenales, la Iglesia no podía quedar sin cabeza durante semanas. Tampoco podían ocultar la noticia más tiempo. En cuanto el médico confirmara que la muerte era inevitable, se tenía que convocar el cónclave, lo que aun podía demorar la elección de un nuevo Papa durante meses. Tenían que venir obispos y cardenales de todo el mundo, ponerse de acuerdo y anunciar al mundo al nuevo vicario de Dios en la tierra.

Uno de los cardenales más ancianos entró en la habitación y se acercó hasta la cama del Papa. Humedeció el paño y lo volvió a colocar en su frente.

—¿Deseáis confesaros, Santo Padre? —preguntó el cardenal.

—Sí —dijo el Papa con un hilo de voz.

El cardenal pronunció una oración en latín y el Papa susurró al anciano sus pecados. El hombre más poderoso de la cristiandad ahora yacía tendido sin fuerzas como un simple mortal, atenazado por el miedo y el peso de sus pecados.

81

El mensajero dejó la carta en las manos de Melanchthon y éste la abrió después de sentarse en su escritorio. Sintió un escalofrío al observar el sello vaticano, lo rompió y leyó en silencio. Se quedó unos segundos pensativo, pero después sonrió y salió de su casa hacia la universidad. Caminaba muy deprisa, con el corazón desbocado y con la sensación de que todo era posible.

El aula estaba llena. Quedaba poco para Navidad, pero todavía los estudiantes no se habían marchado a sus casas para celebrar la fiesta que se aproximaba.

—Silencio, por favor —dijo Melanchthon levantando las manos.

Los alumnos se sentaron y se callaron.

—Tengo una buena noticia. León X ha muerto.

Los estudiantes explotaron en vítores y aplausos. Todos tenían al Papa como un hombre mundano y cruel. Al menos, tras su muerte podría surgir la posibilidad de un concilio y un verdadero intento de reformar la Iglesia.

—Todavía no se ha elegido al sustituto, pero esperamos que Lutero regrese a la ciudad antes de que termine el mes.

Las palabras del profesor exaltaron aun más al auditorio. Todos llevaban esperando durante meses el regreso de Lutero. Ahora, por fin, sus deseos se hacían realidad.

82

Castillo de Wartburg,
5 de diciembre de 1521

La noticia de la muerte del Papa fue recibida con calma por Lutero. Miró con semblante serio al mensajero y, tras dejar la carta sobre el escritorio, se arrodilló y oró por la paz en la cristiandad. Después se puso en pie y le pidió a Elisabeth que le ayudara a guardar sus cosas.

—Doctor —dijo el mensajero.

Lutero miró al joven y esperó a que hablara.

—El príncipe Federico piensa que será mejor que permanezca aquí hasta Navidad, no se sabe quién sucederá a León X.

—No me importa el nuevo Papa. Tengo que regresar a mis clases y a dirigir la iglesia de la ciudad.

—El príncipe le pide un poco más de paciencia.

—¿Paciencia? Llevo en este exilio durante meses, prefiero enfrentarme con mi destino —dijo Lutero.

—Por favor.

Juan se acercó a Lutero, pero éste les pidió a todos que le dejaran solo. Después tomó su Biblia e intentó que la Palabra de Dios calmara sus nervios. Luego oró pidiendo a Dios una salida, sabía que no podía soportar aquel encierro por más tiempo. Había vivido en ese castillo con una misión, traducir la Biblia y ayudar a Elisabeth y a Juan a encontrar el camino, pero la situación en Wittenberg le preocupaba. Ahora que el Papa había muerto podía suceder cualquier cosa.

PARTE 3

El poder
de la Palabra

83

Valladolid,
9 de diciembre de 1521

Las noticias no podían ser peores, el Papa había muerto en un momento muy delicado para Carlos. Con varios frentes abiertos en la Península Ibérica, los franceses intentando entrar en Italia y el turco avanzando por Europa Central, lo último que necesitaba la cristiandad era un cambio de rumbo.

Aquella mañana fue frenética, Carlos mandó varias cartas a los arzobispos y cardenales más importantes, tenía que asegurarse una nueva elección que le favoreciera. No había tenido tiempo de pensar en un candidato, pero debía ser una de sus personas de confianza.

Después de comer se sentía agotado, pero decidió seguir trabajando en su despacho toda la tarde.

El secretario entró en el despacho y anunció la llegada de Adriano de Utrech. Adriano había sido mentor de Carlos, su regente en España hasta su llegada al país, y ahora era Inquisidor General de Castilla y Aragón. Antiguo profesor de Teología en Lovaina, era el tipo de persona de la que Carlos V solía rodearse.

—Majestad —dijo Adriano.

—Me alegra veros, ¿os habéis enterado de la noticia?

—El pobre León ha muerto. Es un día de duelo para la cristiandad —dijo Adriano sin expresar la más mínima emoción.

—¿Quién gobernará ahora los destinos de la Iglesia? —preguntó Carlos.

—Dios tiene ya elegido al sucesor de Pedro —dijo Adriano.

—Espero que Dios y yo coincidamos, el próximo Papa no puede ser francés ni amigo del rey de Francia.

—Eso nunca podremos determinarlo —dijo Adriano.

Carlos sonrió, sabía que su antiguo profesor era humilde, pero su astucia no tenía límites. Aunque lo que realmente le hacía tan interesante ante los ojos de Carlos era su falta de ambición, si él se lo pedía sería candidato para el papado, pero no ambicionaba ningún cargo.

—¿Qué os parecería si os dijera que veo en vos al próximo Papa? —preguntó Carlos.

—Que veis demasiadas virtudes en mí. Yo soy un pobre teólogo. Nunca he hecho vida en Roma y no conozco los entresijos políticos —dijo Adriano.

—Justo el tipo de Papa que necesita el mundo. Alguien más ocupado en las cosas espirituales que en las cosas terrenales.

Adriano hizo una mueca que se pareció a una sonrisa. No deseaba ser Papa. De hecho, se planteaba seriamente regresar a Lovaina, pero había realizado una promesa a Maximiliano, el abuelo de Carlos: nunca dejaría solo a su nieto. El mundo era un lugar demasiado inhóspito para gobernarlo sin ayuda.

—Yo serviré a Dios y a Su Majestad donde sea. Mi deseo es ser útil al imperio.

—Preferiría teneros cerca. Vuestra compañía alegra mis días, pero la Iglesia os necesita. Ese maldito Lutero sigue suelto y, ahora que el Papa ha muerto, intentará algo. Sin duda, aprovechará la muerte de León para impulsar aun más sus doctrinas —dijo Carlos.

—Intentaré servir fielmente a la Iglesia.

Carlos acercó la jarra de vino y sirvió dos copas. Después le pasó una al inquisidor.

—Servimos a Dios y al imperio —dijo Carlos brindando.

Adriano chocó la copa y se la llevó a los labios. No deseaba vivir en Roma, pero sabía que nadie era dueño de su destino.

84

Paris, 10 de diciembre de 1521

El rey de Francia no ocultó su alegría al conocer la noticia. La muerte de León X era lo que estaba esperando para poner a un Papa afín a su causa en Roma. Sabía que su gran enemigo, Carlos, no tardaría en mover las piezas necesarias para que eligieran alguna marioneta del imperio, pero esta vez él sería más rápido. Su plan era sencillo: elegir a un Papa francés, intentar que parte de las reformas triunfaran, para poner de su lado a los príncipes alemanes, y después conquistar el norte de Italia, Flandes y el norte de España.

En los últimos años, Carlos había conseguido las dignidades que le correspondían a él. Francisco había sido candidato a emperador del Sacro Imperio Romano Germánico, pero la ayuda de León X a Carlos facilitó su elección. Desde ese momento, el emperador hizo lo imposible por pisotear los derechos de Francia, pero eso se había terminado.

Francisco tenía la intención de atacar a Carlos por todos los frentes, incluidas las colonias. Sabía que la única manera de ganar al imperio era generando más riqueza. Sus territorios partían en dos los reinos de Carlos, pero todavía el emperador tenía un paso por Suiza e Italia que favorecía el tránsito de suministros y hombres de una parte a otra del imperio. Si lograba taponar el camino de comunicación, le pondría las cosas difíciles a Carlos. Su primera misión era levantar a los príncipes alemanes, ese Lutero había llegado en el momento propicio, pensó mientras miraba en el mapa de Europa que había encima de su mesa. Si Alemania se dividía y el emperador tenía que emplear sus ejércitos en apaciguarla, él podría mientras tanto conquistar Italia y Flandes.

Francisco tomó una de las cartas de la mesa, era de Solimán. Los turcos le habían propuesto una alianza contra Venecia y España. Si la aceptaba, todos le acusarían de traicionar a la cristiandad, pero, ¿no era cierto que a veces para ganar al diablo había que aliarse con él?

Castillo de Wartburg,
9 de diciembre de 1521

Melanchthon abrazó a su amigo. Estaba completamente irreconocible. Llevaba una espesa barba, vestía como un caballero y su rostro era tan pálido como la nieve que rodeaba el castillo, tan sólo su voz profunda y armónica era la misma.

—Querido amigo, os he echado mucho de menos —dijo Lutero.

—Yo también, Wittenberg no es la misma sin vos —dijo Melanchthon.

—Desearía partir hoy mismo, pero el príncipe Federico teme todavía por mi seguridad —dijo Lutero.

—Estará esperando a que se aclare la elección del nuevo Papa.

—Pero, querido Felipe, yo tengo que salir de esta torre o me volveré loco.

—Os comprendo —dijo Melanchthon.

—¿Cómo están las cosas en Wittenberg? Vuestras cartas hablaban de problemas.

—Ya os lo comenté, muchos quieren destruirlo todo, pero sin tener muy claro qué es lo que debemos construir en su lugar. Por ahora, el príncipe Federico no ha intervenido, pero me temo que nos quite su apoyo si las cosas se nos van de las manos.

Lutero miró a su amigo, pensativo. Se sentía con las manos atadas. Sus cartas no podían cambiar mucho las cosas, tenía que regresar a Wittenberg.

—Partiré hoy mismo para la ciudad —afirmó Lutero.

—No podéis —expuso Melanchthon preocupado.

—Viajaré de incógnito, evaluaré la situación y cuando regrese sabré exactamente cómo debemos actuar —indicó Lutero.

Melanchthon sabía que era muy difícil persuadir a su amigo de lo contrario. Uno de los defectos de Lutero era la terquedad.

—Pero, puede ser peligroso.

—Juan me protegerá, si estoy vivo es por la misericordia de Dios.

Prepararon las cosas de Lutero y aquella misma tarde partieron los tres para Wittenberg. Antes de llegar a la ciudad deberían separarse de Melanchthon. Lutero quería ver con sus propios ojos lo que le estaba pasando a su rebaño.

Wittenberg,
10 de diciembre de 1521

Lutero caminó cabizbajo por la ciudad. Juan no se separaba de él ni a sol ni a sombra. Pasaron por varias reuniones religiosas sin ser vistos. Escucharon más de cuatro sermones aquel primer día y de todos salía Lutero enfadado y horrorizado.

Después iban a una cervecería y Lutero rebatía los argumentos de los extremistas ante Juan, como si él distinguiera entre una cosa y otra.

—¿Por qué Satanás se ha deslizado en el rebaño de Wittenberg? El diablo del orgullo y la rebeldía —dijo Lutero con las manos en la cabeza.

—Es condición humana que, ante la falta de límites, el hombre vaya hasta el extremo. Necesitamos que alguien ponga las reglas. A vos os dio tiempo de quitar las que había, pero no de poner otras nuevas —dijo Juan.

—Tienes razón, amigo. Es mejor dejar todo como está, antes que destruir sin tener ya su sustituto listo. He aprendido una lección —señaló Lutero cabizbajo.

—No es culpa vuestra. Las circunstancias os alejaron de la ciudad y muchos han aprovechado para tomar el control del rebaño, falsos pastores —dijo Juan.

—Más bien lobos vestidos de corderos. Muchos de ellos se excusan en un evangelio más puro y una doctrina más bíblica, pero lo que quieren realmente son los reinos de este mundo —dijo Lutero.

—Por lo menos, todavía no han pasado de las palabras —expresó Juan.

—Sí, pero nosotros tenemos que volvernos, no podemos cambiar nada sin la autorización del príncipe —apuntó Lutero.

—De hecho, si nos ve aquí mi trabajo peligrará —dijo Juan.

—Es cierto, será mejor que regresemos.

Los dos hombres salieron de la cervecería y recogieron sus caballos. Cabalgaron con rapidez, con la esperanza de que muy pocos se hubieran dado cuenta de su partida.

87

Wittenberg,
23 de diciembre de 1521

—Hay que hacer algo para que la gente sepa que no hablamos por hablar —expresó Zwilling.

Carlostadio le observó dubitativo, una cosa era predicar y otra llevar al pueblo al borde de la rebelión. Varios de los líderes del movimiento les miraron inquietos. Sabían que en sus manos estaba el destino de la Reforma. Lutero había descubierto un tesoro, pero después lo había cubierto asustado, con el estiércol de los príncipes.

—El golpe de mano es romper las imágenes —dijo Carlostadio—, por un lado es una de las posiciones en las que coincidimos con algunos conservadores, pero por otro es una rebelión directa contra las autoridades. Así veremos de lo que son capaces.

Todos asintieron con la cabeza. Eran capaces de cualquier cosa para mostrarle al mundo la verdad.

—¿Cuándo lo haremos? —preguntó Zwilling.

—En unos días, cuando todos celebren la fiesta de Navidad —dijo Carlostadio.

—Estupendo. Se nos unirá la mayor parte del pueblo —señaló Zwilling.

—Lo único que temo es cómo reaccionará Lutero —indicó Carlostadio.

—No me importa lo que diga ese traidor —contestó muy serio Zwilling.

—A ti no, pero a Alemania entera sí —recalcó Carlostadio.

88

Wittenberg, 25 de diciembre de 1521

Un grupo de hombres entró en la catedral y arrancó las imágenes de los altares ante la mirada atónita de los feligreses. Enseguida se reunió un gran número de gente en la iglesia para ver cómo las estatuas eran arrastradas hasta la puerta principal. Apenas se interpusieron algunos monjes y señoras ancianas, todos permanecían en silencio, como si estuvieran hipnotizados por la violencia de los asaltantes.

Aunque los iconoclastas llevaban las caras tapadas, todos sabían quiénes eran. Muchas veces Zwilling y sus amigos habían advertido de que no consentirían por más tiempo la idolatría en la ciudad.

Cuando los soldados llegaron con los miembros del ayuntamiento, muchos de los curiosos se apartaron asustados. Los soldados se pusieron en formación, pero las autoridades no dieron ninguna orden.

Cuando las tallas estuvieron enfrente de la catedral, las amontonaron en una pira y les prendieron fuego. Los rostros de los santos y las vírgenes parecían suplicar tras sus ojos inanimados, como si esa pequeña venganza los usara una vez más para sufrir por Cristo.

Los iconoclastas reían mientras devolvían al fuego las piezas que saltaban de entre las llamas. Se formó una hoguera que se podía ver desde varios puntos de la ciudad.

Melanchthon y otros profesores observaron inquietos la pira, no se solía tardar mucho en pasar de quemar estatuas a quemar hombres y sabían que ellos podían ser los siguientes.

89

*Castillo de Wartburg,
27 de diciembre de 1521*

Lutero terminó su manifiesto y se lo dio a leer a Juan. El joven lo leyó atentamente y le hizo un par de preguntas sobre palabras que no entendía. El día anterior lo había pasado escribiendo sin parar. Juan le había visto resoplar de rabia e impotencia.

—¿Cómo lo titularéis? —preguntó Juan.

—*Una sincera amonestación por Martín Lutero a todos los cristianos para guardarse de la insurrección y la rebelión* —respondió Lutero.

—El título es claro —afirmó Juan.

—Espero que sirva para calmar los ánimos. De otra forma, correré yo mismo a Wittenberg y sacaré a esas ratas de la ciudad —dijo Lutero colérico.

Juan ya conocía lo duro que podía ser el reformador cuando de salvar la fe se trataba. Elisabeth entró en ese momento con un poco de vino caliente. Lo sirvió en la mesa y Lutero recuperó de nuevo la compostura.

—¿Cuánto os queda para dar a luz? —preguntó Lutero.

—Unos dos meses —dijo la mujer.

—No veré nacer a la criatura —se lamentó Lutero.

—Elisabeth y yo partiremos de aquí con vos —dijo Juan.

—Puede ser peligroso. Será mejor que os quedéis aquí hasta que pase el invierno y después marchéis a España —dijo Lutero.

—Mi misión es protegeros —dijo Juan.

—Dentro de unos días vuestra misión habrá terminado —contestó Lutero.

—No, su vida correrá más peligro en Wittenberg que aquí —indicó Juan.

—Sí, pero no creo que Federico mantenga mi escolta en la ciudad.

—No hablo de protegerle por dinero. Vos me habéis ayudado a respetar la vida de los demás, me habéis llevado hasta los pies de Cristo y me habéis unido en matrimonio a Elisabeth, seréis quien bautice a mi bebé —dijo Juan.

Lutero sintió cómo aquellas dulces palabras le enternecían. No era fácil crear de un enemigo un amigo, pero aquel joven le quería como a un padre.

—Os entiendo, pero ahora vuestro deber es con Elisabeth. No importa lo que pase a este profesor de Teología.

—De lo que le pase a este profesor de Teología, como vos decís, depende toda Alemania. ¿Qué sucederá si los fanáticos toman el control de la Reforma? ¿Qué será entonces del mundo? —expuso Juan.

—Nadie es imprescindible, si nosotros no hablamos anunciando el evangelio, las piedras hablarán. Dios siempre tiene a alguien preparado para dar batalla por Él.

—Eso es cierto, pero mientras vos estéis vivo, no conozco a otro mejor —afirmó el joven.

—El hombre es cambiante y caprichoso, hoy te exalta y mañana te insulta. No confiéis en los halagos ni en las críticas. Presentaos ante Dios como obrero que no tiene de qué avergonzarse y Él os defenderá —dijo Lutero.

—Dios me ha puesto a vuestro lado por algo —apuntó Juan.

—Sea, si es eso lo que deseáis. Vendréis conmigo a Wittenberg, viviréis en mi casa y formaréis parte de mi familia. De esa familia que el celibato me negó —dijo Lutero.

Elisabeth le dio un beso en la mejilla a Lutero y éste la miró sorprendido. Sus ojos reflejaban una alegría que nunca había visto en otro ser humano. Ahora entendía que la misión más importante que había hecho en ese castillo solitario era salvar a aquellas dos dulces almas.

90

Roma, 9 de enero de 1522

Las campanas de la Ciudad Eterna repicaban por todos lados. El pueblo recibía al nuevo Papa entre vítores y aplausos. La gente se fue concentrando frente a la basílica. Nadie esperaba que la elección fuera tan rápida, pero el cónclave en pleno había elegido a un candidato inesperado. No era romano, ni siquiera italiano, lo que exasperaba a los nobles de la ciudad, siempre más preocupados por sus intereses que por los de la Iglesia, pero los peregrinos estaban encantados de haber llegado a la ciudad justo cuando se elegía a un nuevo Papa.

Adriano IV salió de la basílica y se puso al borde de las escalinatas para hablar al pueblo. Llevaba toda una vida dedicada a la enseñanza y sabía cómo alimentar las mentes y las almas de un gran rebaño.

«Pueblo de Roma, hermanos de la cristiandad que habéis llegado a esta Ciudad Eterna con el peso del pecado, os marcharéis con la recompensa del perdón, príncipes de la Iglesia, sacerdotes y monjes, Dios en su infinita misericordia me ha elegido a mí, el más humilde de sus siervos, para representarle en la tierra. No soy digno de tal honor, pero, por amor a Él y a vosotros, haré todo lo que esté en mi mano por sanar el cuerpo enfermo de la cristiandad. Si he de amputar, amputaré, si debo cuidar con paciencia, también lo haré. No sea yo el que separe el trigo de la cizaña antes de tiempo. Dios nos ha dado los instrumentos necesarios para salvaguardar la fe. Oremos», expuso Adriano IV.

La multitud agachó la cabeza y repitió las oraciones del Papa. Después se hizo una misa de celebración y el nuevo pontífice saludó a todos los cargos eclesiásticos, a los embajadores y autoridades.

Varias horas más tarde, Adriano IV dio un paseo por su jardín privado. No podía dormir, todavía no creía la posición que ocupaba. Nunca había ambicionado aquel cargo, para él era más una pesada carga que un privilegio, pero sabía que era el último servicio que realizaría para Carlos. Después, el joven emperador tendría que volar solo.

91

Castillo de Wartburg, 14 de enero de 1522

Las últimas noticias de Wittenberg eran demasiado preocupantes como para dejar indiferente a Lutero. La llegada a la ciudad de los autodenominados «Profetas de Zwicka» había incrementado aun más la tensión en la ciudad. Los profetas predicaban en contra del bautismo de infantes y por la abolición de los sacerdotes, el celibato, la misa y el culto a las imágenes. Lutero estaba a favor de las mismas cosas, menos del bautismo a los niños, pero lo realmente peligroso es que los profetas decían hablar en nombre de Dios y animaban al pueblo a la desobediencia y la sedición.

Lutero escribió al príncipe Federico para que éste le autorizara a regresar a Wittenberg. También había escrito a sus amigos para impedir que los profetas predicaran en las iglesias de la ciudad, pero Lutero se sentía impotente lanzando cartas al aire, sin poder acudir él a remediar la situación.

Federico permitió el regreso de Lutero a primeros de febrero, el nuevo Papa era Adriano de Utrech, un antiguo profesor de Lovaina y mentor del emperador. El nuevo pontífice no parecía tan peligroso o, al menos, tardaría un tiempo en mostrar sus verdaderas intenciones. Sin duda, era un hombre partidario de Carlos, pero también se caracterizaba por su prudencia, mesura y capacidad de diálogo.

La mañana del 4 de febrero, Lutero recogió todos sus libros, que eran sus posesiones más preciadas, y organizó su viaje con Juan. Viajarían el día 13 de madrugada, Elisabeth iría con ellos, de esa manera podría hacerlo en el cómodo carruaje que el príncipe había enviado para Lutero.

Cuando todos estuvieron listos frente a la torre, Lutero no pudo evitar mirar la figura oscura que le había guardado todos aquellos meses. Para él había sido su isla de Patmos particular, un lugar de prueba y aprendizaje. Allí había medido sus fuerzas contra Satanás, había aprendido a tener paciencia y a ser humilde, había visto cómo Dios le salvaba en varias ocasiones de una muerte segura, había traducido una parte de la Biblia al alemán y había disfrutado de la compañía de Juan y Elisabeth.

El carro avanzó por la pendiente, alejándose cuesta abajo del castillo. Lutero y sus amigos se dirigían hacia lo desconocido, a un mundo que cambiaba demasiado rápido, donde la vida y la muerte no tenían mucho valor, pero sabían que aquella misión era el objetivo de sus vidas.

92

Madrid, 15 de febrero de 1522

Disparó su arcabuz y el jabalí se desplomó al suelo. El emperador llevaba unos días de caza en las sierras de Madrid y pasaba largos periodos de descanso en el Alcázar, una modesta pero cómoda residencia entre Valladolid y Toledo. La caza era una de sus pocas aficiones, además de las mujeres y las comidas copiosas. El emperador notaba la presión de su poder, por lo que en aquellos momentos podía disfrutar de los pequeños placeres de la vida y olvidarse un poco de la política.

El duque de Alba se acercó al emperador y con una sonrisa le dijo:

—Buena pieza, Majestad.

—Si os dijera que cuando apunté al cochino pensaba en Martín Lutero.

—Os creo, no hay peor plaga para la cristiandad que los herejes, por eso tenéis la fortuna de que los reinos de España siempre serán católicos —indicó el duque.

—¿Estáis seguro? La herejía luterana se ha extendido ya por media Europa. ¿Por qué España va ser diferente? —preguntó el emperador.

—Aquí, el cardenal Cisneros corrigió los abusos que han dado mala fama a la Iglesia. Además, la Inquisición vela por la ortodoxia de la fe, pero lo más importante es que el pueblo español es poco dado a novedades. A los españoles nos ha costado recuperar la unidad religiosa quinientos años, no creo que la perdamos por los desvaríos de un monje loco —dijo el duque.

—Dios os oiga. Ahora que Adriano está en Roma, intentaré que mueva los hilos para que la Iglesia en Alemania rompa todo vínculo con los herejes. También instaré a los príncipes a que cumplan las órdenes imperiales; si no obedecen, iré yo mismo para ejecutarlas.

—En España siempre tendréis una aliada, aquí sabemos honrar a nuestros reyes —enfatizó el duque.

Carlos le miró con desconfianza. Los españoles eran muy pasionales y dados a decir una cosa y a hacer la contraria.

—Desde que he tomado posesión de estos reinos han surgido tres rebeliones. Los españoles están divididos en infinidad de razas, lenguas, costumbres y leyes. Es como el Sacro Imperio, pero a pequeña escala. Entiendo que para mis súbditos sea un extranjero, he cometido algunos errores al enviar gobernadores extranjeros a un pueblo orgulloso y celoso de sus tradiciones, pero los españoles son individualistas e indisciplinados —afirmó Carlos.

—Es cierto, Majestad, pero también fieles y audaces. Cuando el pueblo os ame, nada podrá hacer que os odie —dijo el duque.

—No quiero que me amen, quiero que me obedezcan. Estamos construyendo algo nuevo. Mi sueño es que la cristiandad unida luche contra sus enemigos, reconstruir un Imperio Romano cristiano. Son muchos nuestros adversarios y han aprovechado durante siglos nuestras divisiones. Adriano puede ayudarme en esa misión.

—Espero que todo salga como deseáis —dijo el duque.

—Primero tendremos que terminar con ese Lutero. Es una pieza pequeña, pero su caída precipitará la de los príncipes rebeldes y la unión de Alemania.

—Muerto el perro, se acabó la rabia —señaló el duque.

—¿Cómo?

—Es un dicho español. Una vez que desaparezca Lutero, sus partidarios huirán como conejos asustados —dijo el duque.

—Espero que así sea. A veces, los enredos del diablo son difíciles de solucionar.

93

El príncipe Federico le pidió a Lutero que permaneciera unos días en la ciudad sin manifestar expresamente su presencia. Prefería que primero inspeccionara, escuchara los sermones de los predicadores radicales y se reuniera con sus colaboradores. Lo último que quería el príncipe era un enfrentamiento directo en las calles, que pusiera de manifiesto las diferencias en el seno de los reformadores y diera excusas al emperador para intervenir contra él. Lutero aceptó a regañadientes, pero no perdió el tiempo. Escuchó los sermones del sacerdote Müntzer, del humanista Stubner y de Storch el zapatero. Tomó apunte de sus afirmaciones y escribió varias refutaciones para contradecir sus enseñanzas.

Stubner era el más fanático de los tres. Proclamaba al pueblo sus visiones y sueños sin fundamento, poniéndolos a la altura de la Palabra de Dios. El estudioso había sido discípulo de Melanchthon, pero ahora predicaba contra las enseñanzas de su maestro.

Storch imitaba la oratoria de Lutero, sin llegar nunca a igualarle, pero era capaz de conmover al auditorio con sus palabras sencillas y bien elaboradas.

Müntzer era el más atrayente de los predicadores, no tanto por su aspecto descuidado, sus trajes negros y la austeridad que proclamaba, sino por su capacidad para conmover, su voz tronante y sus exageradas expresiones.

Estos eran los hombres a los que Lutero tenía que enfrentarse. Para ello, cada día escuchaba sus sermones, veía la reacción del pueblo y por las tardes escribía refutaciones y se las leía a Juan.

Melanchthon fue a visitarle aquella tarde de marzo, preocupado y asustado por el poder que tenían los predicadores.

—¿Hasta cuándo hay que esperar? —preguntó el profesor.

—Ya queda poco, el día 9 hablaré francamente al pueblo —contestó Lutero.

—Alabado sea Dios —dijo Melanchthon.

—Todavía no hemos ganado, estos hombres han alborotado la ciudad y muchos se les han unido por toda Alemania. Su mensaje es muy atractivo, hablan de justicia, de igualdad y de amor, pero predican violencia, caos y muerte —señaló el reformador.

—Muchos quieren que el reino de Dios se cumpla en la tierra.

—El reino de Dios ya está entre nosotros. El mismo Jesucristo lo anunció, pero no es un reino de este mundo ni está manifestado a los no creyentes —recalcó Lutero.

—Los predicadores quieren destruir a Federico y crear una especie de teocracia en la que ellos serían los mensajeros directos de Dios —expuso Melanchthon.

—La teocracia es el sistema más injusto de gobierno. Cuando uno dice gobernar en nombre de Dios, ¿quién puede contradecirle? —explicó Lutero.

—¿Acaso no es eso lo que defiende el emperador? —dijo Juan.

Los dos hombres le miraron sorprendidos. Después Lutero sonrió y, apoyando una mano en el joven, le dijo:

—Es cierto, pero el emperador es una autoridad puesta por Dios. La Biblia dice que todas las autoridades están puestas por Dios y que hay que obedecerlas en tanto que no contradigan la Palabra de Dios, pero naturalmente no son teocracias, ya que ninguna afirma detentar el gobierno directo de Dios —dijo Lutero.

—Entiendo —afirmó Juan.

—La cuestión es, ¿cómo vamos a detener a estos profetas? —preguntó Melanchthon.

—Confío en Dios. Él los detendrá, su Palabra será suficiente —respondió Lutero.

—Sí, pero ¿cuál es el plan?

—Predicaré ocho sermones durante la cuaresma. En ellos no pretendo atacar directamente a los profetas, espero que la propia Palabra de Dios los reprenda —dijo Lutero.

Su amigo respiró aliviado. Sabía que Lutero era capaz de cambiar la situación con la ayuda de Dios.

94

Wittenberg, 7 de marzo de 1522

La iglesia estaba llena. Después de varias oraciones, Müntzer se adelantó unos pasos y subió a la plataforma. No le gustaba utilizar el púlpito, parecía que estaba por encima del pueblo y él quería parecer uno más. Levantó los brazos para que la gente se callara y después se movió por la plataforma sin decir nada, observando a los fieles directamente a los ojos.

«Muchos hablan de que Lutero está en la ciudad. Nadie lo ha visto pero, como un fantasma, se mueve entre nosotros, arrastrando las cadenas de sus propias contradicciones. ¿A qué ha venido Lutero a Wittenberg? Os lo diré, como perro fiel a servir a su señor, pero ¿quién es su señor? Debería ser Dios, pero es Federico de Sajonia».

Un murmullo se extendió por toda la sala.

«¿Os sorprenden mis palabras? Es cierto que Lutero fue a Worms para defender sus doctrinas, se enfrentó al emperador y a la curia, pero no por Dios, tampoco por el pueblo alemán, lo hizo por los intereses del avaro y mezquino príncipe de Sajonia. Si he de elegir entre el Papa y el príncipe, prefiero al Papa, al menos él ha estudiado Teología».

La audiencia soltó una carcajada y Müntzer no continuó hasta que la gente se hubo calmado.

«¿Teméis a Lutero? Temed más a Dios. Si el profesor se ha desviado del camino trazado por Dios, ¿seguiremos sus pasos? ¡De ninguna manera! Lutero continúa aprobando el celibato y la misa, y se diferencia tan poco de sus enemigos de Roma que es sorprendente que éstos le persigan. A veces me pregunto si no será todo esto una estratagema del diablo para confundirnos. Nosotros no queremos palabras, no esperamos que Dios destruya a nuestros enemigos. Dios nos dio las manos y la espada para luchar contra el opresor. Como Gedeón, me levantaré y terminaré con los enemigos de mi pueblo», bramó Müntzer. El auditorio se puso en pie aplaudiendo.

Los ojos del predicador brillaron como dos gemas a la luz de las velas. La gente quería venganza, demandaba sangre y él se la daría hasta saciarles.

95

Wittenberg, 9 de marzo de 1522

No había podido dormir en toda la noche. El día anterior había llegado oficialmente a la ciudad. Después de meses, había vestido de nuevo su sencillo hábito de agustino y se había cortado el pelo. La multitud le había salido a recibir a las puertas de la ciudad, aunque aquel gesto de cariño no le había tranquilizado mucho: a Jesús le habían recibido como rey en Jerusalén unos días antes de crucificarlo. El príncipe Federico quería reforzar su seguridad, pero él prefería que Juan le protegiera. No quería entrar en la ciudad como un príncipe escoltado por su ejército.

La universidad celebró una comida de bienvenida. Todos los profesores le rindieron honores y le felicitaron por su traducción del Nuevo Testamento. Después, Lutero se trasladó a una pequeña casa cerca de la universidad. Le hubiera gustado regresar a su celda en el monasterio, pero Federico se había opuesto, al menos hasta que las cosas se calmaran.

A pesar de su estado, Elisabeth se hizo cargo de la casa y Juan le ayudó en las tareas domésticas.

Lo primero que hizo Lutero aquella mañana fue orar, su primer sermón sería por la tarde y esperaba una importante afluencia. De lo que dijera dependía que regresaran al día siguiente hasta escuchar los ocho sermones que había compuesto.

Sus amigos le habían recibido como la última esperanza para desenmascarar a los profetas y devolver el orden a la ciudad. En cambio, Federico seguía oponiéndose a un enfrentamiento directo, por temor a que lo mataran. Lutero le había contestado que no temía la muerte, que si eso era lo que Dios tenía preparado para él, lo aceptaría con calma.

Mientras repasaba las notas, escuchó un grito agudo en la planta superior. Corrió escaleras arriba y entró en el cuarto de Juan y Elisabeth.

—¿Qué sucede? —preguntó alarmado.

—Ya viene —contestó Elisabeth con un gesto de dolor.

Lutero corrió a su cuarto, se puso algo de ropa y después salió a la calle en busca de la comadrona. Unos minutos más tarde estaba de regreso. Elisabeth seguía tendida en la cama agarrada a la mano de Juan.

La comadrona les dio instrucciones para que trajeran agua caliente, toallas y un orinal. Después los sacó del cuarto, para que esperaran fuera.

Lutero y Juan intentaron esperar tranquilamente en la sala, pero los gritos de la mujer les hacían levantar la vista y mirar hacia las escaleras. Media hora más tarde, los gritos desaparecieron. Aquel silencio les parecía tan preocupante como los potentes gritos de Elisabeth. Al final, la comadrona bajó las escaleras con un precioso niño en los brazos. Los dos hombres le miraron asombrados. Juan lo cogió en brazos y Lutero le bendijo con la señal de la cruz.

—Felicidades Juan, ya eres padre.

—Gracias —dijo el joven, con los ojos rojos por la emoción.

Subieron hasta la habitación y contemplaron el rostro agotado y feliz de Elisabeth. Le entregaron el bebé y se quedaron unos instantes contemplando la escena.

—Es mejor que la dejen descansar —dijo la comadrona.

Los dos salieron de la habitación con una sonrisa en los labios.

—Esto es una señal —dijo Lutero.

—¿Una señal?

—Sí, Dios nos da una nueva vida justo hoy, cuando tenemos que enfrentarnos a aquellos que quieren destruirlo todo. Esta tarde Dios hablará a su pueblo.

96

Lutero intentó convencer a Juan de que no le acompañara, pero fue inútil. Los dos recorrieron las calles repletas de gente hasta la catedral. Lutero observó las puertas, allí había colocado sus tesis años antes, sin sospechar el revuelo que iba a formar. La Iglesia no había retirado las indulgencias, pero le habían llegado noticias a Lutero de que el nuevo Papa pretendía acabar al menos con los abusos.

Cuando entró en la gran nave observó a la multitud que le daba ánimos o simplemente le saludaba mientras recorría el largo pasillo hasta el frente. Muchos de los altares estaban vacíos y en otros las estatuas rotas no le hacían presagiar nada bueno. No es que Lutero estuviera de acuerdo con el culto idolátrico que había surgido alrededor de esas figuras, pero le preocupaba la violencia desatada.

Se puso en primera fila con Juan. Se hicieron varias oraciones y después subió al púlpito. Llevaba tantos meses sin predicar que notó cómo le temblaban las piernas. Miró a la multitud y la ira de las últimas semanas se convirtió de repente en compasión. Los vio como ovejas que no tienen pastor. Carlostadio, uno de sus discípulos, y cómplice de los radicales, se escondió detrás de una de las columnas para que no lo viera su maestro.

Lutero miró de nuevo la iglesia y permaneció un minuto callado, hasta que se hizo el silencio.

«Con un corazón sincero he venido a vosotros. Era necesario arrancar la idolatría de estas paredes, aunque de donde Dios quiere que la arranquemos es de nuestros corazones. No era necesario formar desorden para hacerlo, sabéis que no soy partidario de la rebelión. Durante mi ausencia ha venido Satanás a visitaros y os ha mandado a sus profetas», afirmó Lutero en tono seco.

Un murmullo recorrió toda la sala, pero el monje continuó hablando sin hacer caso a las palabras de sus conciudadanos.

«Pero eso es normal. Lo que no lo es tanto es que aquellos que se llaman siervos de Dios no tuvieran la humildad de seguir la senda que a mí me tocó recorrer primero, debiendo manifestarse sumisos como discípulos, pues su divisa era obedecer. A mí sólo me ha revelado Dios su verbo, de cuya boca sale puro de toda mancha. Como conozco a Satanás y sé que, lejos de dormirse, tiene el ojo abierto en los momentos de turbación y desorden, he aprendido a luchar contra él y no le temo. Al contrario, le he hecho ya más de una herida».

Lutero miró a la multitud. Juan permanecía sentado muy cerca y no dejaba de observar a todo el mundo, tenía la mano en la empuñadura de su espada y apenas escuchaba las palabras del predicador.

«¿Qué significan estas novedades que se han enseñado durante mi ausencia? ¿Estaba acaso tan lejos para que no se haya podido venir a consultarme? ¿Por ventura no soy ya el príncipe de la pura palabra? Os digo que la he predicado y la he grabado y he hecho mayores males al Papa durmiendo, o en la taberna de Wittenberg bebiendo cerveza con Felipe y Amsdorf, que todos los príncipes y emperadores juntos. Si hubiera sido sanguinario y me hubieran gustado las tormentas, ¡cuánta sangre habría derramado en Europa! Y si no hubiera perdonado la vida del emperador... Espíritus de discordia y disturbios, responded. ¿Qué pensará el diablo cuando vea vuestras imaginaciones exaltadas? Él permanece tranquilo en el infierno mientras vosotros hacéis su trabajo. Preferiría que los monjes y las monjas dejaran la idolatría, pero no por la fuerza. Los que a espada matan a espada morirán».

El auditorio se quedó en silencio. Lutero miró desafiante a los bancos, pero nadie osó ponerse en pie y rebatirlo. Después dejó el púlpito y caminó lentamente entre el público. Todos le miraban sorprendidos, atónitos, pero nadie se atrevía a decir nada.

Wittenberg, 11 de marzo de 1522

Muchos felicitaron a Lutero aquellos días. Los profetas estaban preocupados por la admiración que levantaba en el pueblo y temían que un segundo sermón les hundiera aun más en el ostracismo. Así que decidieron acudir a la predicación para desenmascarar allí mismo al monje.

La catedral estaba más llena que dos días antes. Las palabras de Lutero habían recorrido toda la región y cientos de personas de todas las aldeas y pueblos se acercaron para escucharle. Lutero llegó algo más tarde, acompañado de su fiel amigo Juan. Se situó en la primera fila y pasó al púlpito.

Desde la altura observó a sus enemigos, pero esta vez prefirió bajar y predicar a la altura del pueblo. Los profetas se movían incómodos en el banco cuando Lutero comenzó su discurso.

«Algunos quieren crear una iglesia nueva. Pero no sabemos quién los envía, cuál es su misión. ¿Debemos creeros sin más? Según los consejos de Sirá, no debemos creer a nadie si no presenta pruebas. Dios no envió ni a su propio Hijo sin mostrar señales inequívocas de que era el Mesías. Yo os rechazo, a no ser que nos probéis que sois de Dios. Queremos una señal. Si Dios os hubiera hablado, no estaríais tan campantes. Cada vez que Dios se manifiesta, el profeta tiembla en su presencia, deshecha toda arrogancia y escapa de la ira de Dios, pero vosotros sois de vuestro padre el diablo».

El auditorio vibraba a cada palabra de Lutero y miraba sorprendido a los profetas, que no se atrevían ni a levantar la vista.

«Dejad al pueblo de Dios en paz o éste os enviará un castigo que no olvidaréis nunca».

Después del sermón, Lutero se alejó entre la multitud. Escuchó algunas voces de aprobación y contra los profetas, pero no les hizo caso. Simplemente caminó hacia su casa con Juan.

Después de cenar, Juan se le acercó. Se le veía encantado con su hijo. Por la noche, Elisabeth y él bañaban al niño y le dormían juntos. La joven ya estaba completamente restablecida y sus ojos expresaban toda la felicidad del mundo.

—Creo que ya has hecho suficiente por mí —dijo Lutero—. Quiero que regreses a España con tu mujer.

—No, me necesitáis —dijo Juan.

—Las cosas se pondrán feas, esos embaucadores no se irán sin más de la ciudad —dijo Lutero.

—Vos me habéis dado todo cuanto poseo. Ahora tengo una nueva vida, la esperanza de la venidera y una familia a la que amar.

—Yo no os he dado nada, Juan. Ha sido nuestro Señor —expresó Lutero.

—Nada me separará de vos —recalcó Juan muy serio.

—Podéis pasar un último día conmigo, pero pasado mañana dejaréis la ciudad. Me aseguraré de que no os falte nada —afirmó el monje.

Juan se marchó enfadado. Sabía que la vida de Lutero corría peligro y sólo él podía ayudarle. El profesor era muy terco, pero él lo era más. Al día siguiente le intentaría convencer de nuevo.

Lutero se quedó solo en la sala. Respiró hondo y deseó que todo pasara. Cada sermón le desgastaba más. Dios no le había llamado a luchar contra sus hermanos, pero ahora veía más peligros dentro que fuera de la familia de Dios. Se fue a orar. Únicamente sentía cómo sus fuerzas se renovaban cuando se ponía delante de la presencia de Dios.

98

Wittenberg, 12 de marzo de 1522

Marco Stubner llegó a la ciudad para fortalecer a sus hermanos y enfrentarse a Lutero. Pidió una reunión con él y a primera hora de la tarde se encontraron en su casa, junto a Cellarius y Melanchthon.

—Doctor Martín, he venido desde muy lejos para atraeros a nuestra causa —dijo Stubner después de sentarse a la mesa.

—¿Vuestra causa? Pensé que solo había una causa, la de Dios —contestó Lutero sonriente.

—Es la misma —dijo Stubner muy serio.

—¿Dónde estabais vos cuando tuve que enfrentarme a los enviados del Papa? ¿Visteis cómo quemé la bula que habían publicado contra mí? Me imagino que también estabais en Worms cuando defendí la Palabra de Dios frente al emperador —expuso Lutero.

—Los verdaderos héroes son los que luchan por las causas más nobles —dijo Stubner.

—¿Vuestra lucha es la más noble? ¿Destruir figuras inanimadas, perseguir a monjes ancianos y promover la rebelión armada es más noble? ¿Ese es el camino al que queréis que me una? —preguntó Lutero.

—Dios nos ha mostrado que debemos imponer su reino en la tierra —respondió Stubner.

—Eso no está en las Escrituras. Si Dios os lo ha mostrado tan claramente, mostradme una señal para que sepa que Él os respalda.

Stubner frunció el ceño. Sabía que Lutero era un hueso duro de roer, pero no imaginaba hasta qué punto.

—Para que veáis que Dios me habla, puedo deciros lo que estáis pensando en este mismo instante —dijo Stubner.

Lutero no pudo evitar sonreír. Después le miró e hizo un gesto para que continuara. El hombre se quedó pensativo y no supo qué decir.

—¡Vete al diablo, desgraciado! —dijo Lutero enfadado.

—¿Por qué no mostráis vos un milagro? —indicó Stubner desafiante.

—Mis enseñanzas se basan en la Palabra de Dios y, como vos no la habéis leído ni la entendéis, habláis de vuestras propias fantasías, pero el pueblo no os seguirá, porque esta noche terminaré de quitaros la máscara —afirmó Lutero poniéndose en pie y enseñando la puerta a los dos profetas.

99

Wittenberg, 12 de marzo de 1522

Stubner salió de la reunión muy enfadado. Aquel arrogante monje se creía el único representante de Dios en la tierra. ¿Para qué necesitaban otro Papa? Se dirigió a la casa de su amigo en busca de Müntzer, que había llegado secretamente a la ciudad. En la casa había media docena de personas, todos ellos dirigentes del movimiento profético.

Stubner les refirió la reunión con Lutero y la amenaza que éste había proferido contra ellos. Müntzer intentó calmar los ánimos, pero los profetas estaban exaltados.

—Es mejor que un hombre muera por todo el pueblo —dijo Makel, uno de los más jóvenes.

—¿Nos convertiríamos nosotros en el Sanedrín? —preguntó Müntzer.

—Crearíamos un mártir —respondió Stubner.

—Pero ese maldito monje mandará a los sabuesos de Federico contra nosotros. ¿Dónde nos esconderemos? Los católicos nos aplastarán y los seguidores de Lutero también —indicó Makel.

—Dejemos que Dios nos defienda —dijo Müntzer.

Se hizo un silencio incómodo hasta que otro de los profetas preguntó:

—¿Iremos al sermón de esta tarde?

—Mandaremos a nuestros espías, pero es mejor que ninguno de nosotros acuda —declaró Stubner.

—Yo sí iré, no tengo miedo de ese lobo disfrazado de cordero —contestó Makel.

Cuando el joven profeta abandonó la sala, ya había decidido matar aquella noche a Lutero.

Wittenberg, 12 de marzo de 1522

«Dejadme que hoy os hable sobre el matrimonio. Durante siglos, el matrimonio ha sido visto como algo inevitable, carnal y bajo. Como si la unión elegida por Dios fuera inferior al celibato. Muchos han olvidado las palabras pronunciadas por Dios mismo en el huerto del Edén: No es bueno que el hombre esté sólo. Los religiosos son obligados a renunciar a su naturaleza, negar su carne y vivir solos. Esto ha traído muchos desastres a la cristiandad y a la Iglesia. ¿Cuántos hombres de Dios han pecado por causa de esta abstinencia inhumana? Ahora, los nuevos profetas predican otra orden de celibato. El celibato que separa a unos de otros, a los elegidos de los condenados, a los buenos de los malos. Pero os digo que nadie es mejor que su hermano. Todos somos pecadores, luchar contra la carne no nos hace justos, ya que el único que nos justifica es Dios», expuso Lutero ante su asombrado auditorio.

La iglesia se llenó de murmullos y algunos de los sacerdotes se levantaron para marcharse.

«A veces es más fácil servir a la tradición que a Dios, para otros es más sencillo escuchar voces en sus cabezas huecas que practicar la Palabra. Si decimos amar a Dios, sigamos su Palabra. ¿Por qué seguir pensamientos de hombres? No importa lo que el Papa dijo, no sirve lo que el falso profeta anunció, lo único válido es la Palabra de Dios escrita», afirmó Lutero mostrando su Biblia en latín.

Algunos de los sacerdotes volvieron a sentarse, pero otros se marcharon.

Después del sermón, la gente se arremolinó alrededor de Lutero. Muchos le daban las gracias, otros querían que les dedicara sus libros. Juan se sentía nervioso, la gente los apretaba y cualquiera podía acercarse con malas intenciones sin ser advertido.

—Doctor Martín, será mejor que nos marchemos —le dijo Juan.

—Esperad un rato —respondió Lutero mientras seguía hablando con todos.

En ese momento se aproximó un joven por detrás de Lutero. Juan vio algo centellear, fue apenas un segundo, pero sin pensarlo dos veces se interpuso entre la hoja de metal y la espalda de Lutero. Apenas dio un gemido, miró al asesino a los ojos y cayó sobre él. La gente se apartó asustada. Algunos gritaban y otros pedían a los soldados que intervinieran. Un par de hombres se lanzaron contra el asesino y le retuvieron en el suelo.

—¡Juan! —gritó Lutero inclinándose hacia su amigo.

El joven le miró con los ojos asustados, mientras con la mano se sujetaba la herida.

—Hijo, no te mueras —dijo Lutero abrazando el cuerpo del joven.

—Por favor, cuidad de Elisabeth y el niño. Yo os precedo en la búsqueda de la gloria, hoy estaré con Jesucristo en el paraíso.

—Juan, no muráis —dijo Lutero con lágrimas en los ojos.

Juan echó sangre por la boca y dio un último suspiro. El cuerpo tenso del joven comenzó a aflojarse y sus ojos miraron al vacío. Lutero los cerró con los dedos y pronunció una oración.

Epílogo ✝

El entierro de Juan fue sencillo. Apenas media docena de personas, además de la desconsolada viuda, el bebé y Lutero. La mañana se había levantado fría y el suelo estaba tan helado que a los enterradores les costó remover la tierra.

Elisabeth lloraba abrazada al bebé, Lutero se acercó a ella y la abrazó. No tenía palabras de consuelo, apenas sabía qué decir. Después se aproximó a la sencilla caja de madera y la bendijo.

Tras la ceremonia, todos se dirigieron a la casa de Lutero. Elisabeth había recogido sus cosas, aquella misma tarde se dirigiría a su aldea para vivir con su tía. Lutero subió a la planta alta y observó mientras la joven tomaba sus pertenencias.

—¿Lamentáis haberme conocido? —preguntó Lutero con la cabeza gacha.

—No, vos me habéis dado un esposo, un hijo, me habéis enseñado a leer y a conocer a Dios.

—Pero... Juan murió en mi lugar.

—Dios le usó para salvaros a vos. Me duele pensarlo, pero cada uno de nosotros tiene una misión que cumplir, la de mi esposo era salvar vuestra vida —dijo Elisabeth.

—Pero eso es injusto —afirmó Lutero.

—¿Injusto? Injusto es vivir sin sentido, dejar pasar los años sin más misión que la de sobrevivir. Vos habéis dado esperanza a todo un pueblo, habéis iluminado una habitación oscura y todavía tenéis una misión que cumplir. Cumplidla y la muerte de Juan no habrá sido en vano —contestó Elisabeth con lágrimas en los ojos.

—¿Por qué me eligió Dios? Yo no quería...

—Precisamente por eso. Dios busca gente como vos, que no desea dirigir a los hombres, que se cree el peor de ellos. Dios exalta a los humildes —dijo la joven.

—Pero, ¿cuántos más han de morir? —preguntó Lutero.

—Tal vez muchos, pero vuestra luz no se apagará nunca. Otros entrarán a vuestras labores. Es necesario que el reino de Dios se extienda —respondió Elisabeth con una fuerza que le manaba directamente del corazón.

Lutero cerró los ojos. Sentía el peso del mundo sobre sus hombros. Después levantó la vista al cielo. Hasta ese momento se había dejado arrastrar por el torrente de circunstancias que le habían llevado hasta aquella encrucijada. Ahora determinó servir a Dios con todas sus fuerzas, sin preguntas, confiando en que su poderosa mano le guiaría hasta el final de su vida.

Cronología de la vida de Lutero

1483	Martín Lutero nace en Eisleben, Turingia (Alemania).
1501	Se inscribe en la facultad de Filosofía de la Universidad de Erfurt.
1505	Ingresa en el convento de los agustinos de Erfurt.
1507	Se ordena sacerdote.
1509	Obtiene el título de *Baccalaureus biblicus*.
1510	Viaja a Roma.
1512	Se doctora en Teología en la Universidad de Wittenberg. Asume la cátedra de Teología bíblica, que conservará hasta su muerte.
1517	Cuelga sus noventa y cinco tesis contra la venta de indulgencias en la puerta de la Iglesia de Todos los Santos de Wittenberg.
1518	Se niega a retractarse ante el legado pontificio Cayetano de Vio.
1519	Rechaza la infalibilidad del Papa y de los concilios ecuménicos.
1520	El Papa León X le conmina por última vez a retractarse. Lutero quema públicamente la bula papal y se reafirma con el libelo *Contra la execrable bula del Anticristo*. Afianza su pensamiento heterodoxo en tres obras capitales: *Sobre la libertad del cristiano*, *A la nobleza cristiana de la nación alemana* y *Preludio a la cautividad de Babilonia*.
1522	Es excomulgado por el Papa León X. Comparece ante el emperador Carlos V en Worms, frente al que mantiene su postura. Se refugia en el castillo de Wartburg, bajo la protección de Federico el Sabio.

1522	Publica su traducción al alemán del Nuevo Testamento. Regresa a Wittenberg.
1524-26	Guerras campesinas. Ante la violencia indiscriminada, Lutero termina tomando partido por la nobleza.
1525	Abandona la vida monacal y contrae matrimonio con Katharina de Bora. Publica *De servo arbitrio* (Del albedrío esclavizado). Se establece en el antiguo convento de los agustinos de Wittenberg.
1529	Publica *Grosser Katechismus* y *Kleiner Katechismus* (Catecismo mayor y Catecismo menor).
1530	Se publica la *Confesión de Augsburgo*, considerada como el acta fundacional de la Iglesia Luterana.
1534	Publica su traducción al alemán del Antiguo Testamento.
1537	Empieza a deteriorarse su salud.
1542	Fallece su hija Magdalena.
1545	Publica la *Reforma wittenberguesa*, exposición de sus doctrinas. Lanza su último libelo contra la Santa Sede: *Sobre el papado de Roma fundado por el diablo*.
1546	Muere en Eisleben.

Las 95 tesis de Martín Lutero

Disputación acerca de la determinación del valor de las indulgencias
Las tesis son publicadas el 31 de octubre de 1517, desde
entonces Día de la Reforma en todo el mundo.

Por amor a la verdad y en el afán de sacarla a luz, se discutirán en Wittenberg las siguientes proposiciones bajo la presidencia del R. P. Martín Lutero, maestro en Artes y en Sagrada Escritura y profesor ordinario de esta última disciplina en esa localidad. Por tal razón, ruega que los que no puedan estar presentes y debatir oralmente con nosotros, lo hagan, aunque ausentes, por escrito. En el nombre de nuestro Señor Jesucristo. Amén.

1. Cuando nuestro Señor y Maestro Jesucristo dijo: «Haced penitencia...», ha querido que toda la vida de los creyentes fuera penitencia.
2. Este término no puede entenderse en el sentido de la penitencia sacramental (es decir, de aquella relacionada con la confesión y la satisfacción) que se celebra por el ministerio de los sacerdotes.
3. Sin embargo, el vocablo no apunta solamente a una penitencia interior; antes bien, una penitencia interna es nula si no obra exteriormente diversas mortificaciones de la carne.
4. En consecuencia, subsiste la pena mientras perdura el odio al propio yo (es decir, la verdadera penitencia interior), lo que significa que ella continúa hasta la entrada en el reino de los cielos.
5. El Papa no quiere ni puede remitir culpa alguna, salvo aquella que él haya impuesto, sea por su arbitrio, sea por conformidad a los cánones.
6. El Papa no puede remitir culpa alguna, sino declarando y testimoniando que ha sido remitida por Dios, o remitiéndola con certeza en los casos que se haya reservado. Si estos fuesen menospreciados, la culpa subsistirá íntegramente.
7. De ningún modo Dios remite la culpa a nadie, sin que al mismo tiempo lo humille y lo someta en todas las cosas al sacerdote, su vicario.
8. Los cánones penitenciales han sido impuestos únicamente a los vivientes y nada debe ser impuesto a los moribundos basándose en aquellos.
9. Por ello, el Espíritu Santo nos beneficia en la persona del Papa, que en sus decretos siempre hace una excepción en caso de muerte y de necesidad.

10. Mal y torpemente proceden los sacerdotes que reservan a los moribundos penas canónicas en el purgatorio.

11. Esta cizaña, cual la de transformar la pena canónica en pena para el purgatorio, parece por cierto haber sido sembrada mientras los obispos dormían.

12. Antiguamente las penas canónicas no se imponían después sino antes de la absolución, como prueba de la verdadera contrición.

13. Los moribundos son absueltos de todas sus culpas a causa de la muerte y ya son muertos para las leyes canónicas, quedando de derecho exentos de ellas.

14. Una pureza o caridad imperfectas traen consigo para el moribundo, necesariamente, gran miedo; el cual es tanto mayor cuanto menor sean aquellas.

15. Este temor y horror son suficientes por sí solos (por no hablar de otras cosas) para constituir la pena del purgatorio, puesto que están muy cerca del horror de la desesperación.

16. Al parecer, el infierno, el purgatorio y el cielo difieren entre sí como la desesperación, la cuasi desesperación y la seguridad de la salvación.

17. Parece necesario para las almas del purgatorio que a medida que disminuya el horror, aumente la caridad.

18. Y no parece probado, sea por la razón o por las Escrituras, que estas almas estén excluidas del estado de mérito o del crecimiento en la caridad.

19. Y tampoco parece probado que las almas en el purgatorio, al menos en su totalidad, tengan plena certeza de su bienaventuranza ni aun en el caso de que nosotros podamos estar completamente seguros de ello.

20. Por tanto, cuando el Papa habla de remisión plenaria de todas las penas, no significa simplemente el perdón de todas ellas, sino solamente el de aquellas que él mismo impuso.

21. En consecuencia, yerran aquellos predicadores de indulgencias que afirman que el hombre es absuelto a la vez que salvo de toda pena, a causa de las indulgencias del Papa.

22. De modo que el Papa no remite pena alguna a las almas del purgatorio que, según los cánones, ellas debían haber pagado en esta vida.

23. Si a alguien se le puede conceder en todo sentido una remisión de todas las penas, es seguro que ello solamente puede otorgarse a los más perfectos, es decir, muy pocos.

24. Por esta razón, la mayor parte de la gente es necesariamente engañada por esa indiscriminada y jactanciosa promesa de la liberación de las penas.

25. El poder que el Papa tiene universalmente sobre el purgatorio, cualquier obispo o cura lo posee en particular sobre su diócesis o parroquia.

26. Muy bien procede el Papa al dar la remisión a las almas del purgatorio, no en virtud del poder de las llaves (que no posee), sino por vía de la intercesión.

27. Mera doctrina humana predican aquellos que aseveran que tan pronto suena la moneda que se echa en la caja, el alma sale volando.

28. Cierto es que, cuando al tintinear, la moneda cae en la caja, el lucro y la avaricia pueden ir en aumento, mas la intercesión de la Iglesia depende sólo de la voluntad de Dios.

29. ¿Quién sabe, acaso, si todas las almas del purgatorio desean ser redimidas? Hay que recordar lo que, según la leyenda, aconteció con San Severino y San Pascual.

30. Nadie está seguro de la sinceridad de su propia contrición y mucho menos de que haya obtenido la remisión plenaria.

31. Cuán raro es el hombre verdaderamente penitente, tan raro como el que en verdad adquiere indulgencias; es decir, que el tal es rarísimo.

32. Serán eternamente condenados junto con sus maestros aquellos que crean estar seguros de su salvación mediante una carta de indulgencias.

33. Hemos de cuidarnos mucho de aquellos que afirman que las indulgencias del Papa son el inestimable don divino por el cual el hombre es reconciliado con Dios.

34. Pues aquellas gracias de perdón sólo se refieren a las penas de la satisfacción sacramental, las cuales han sido establecidas por los hombres.

35. Predican una doctrina anticristiana aquellos que enseñan que no es necesaria la contrición para los que rescatan almas o *confessionalia*.

36. Cualquier cristiano verdaderamente arrepentido tiene derecho a la remisión plenaria de pena y culpa, aun sin carta de indulgencias.

37. Cualquier cristiano verdadero, sea que esté vivo o muerto, tiene participación en todos los bienes de Cristo y de la Iglesia; esta participación le ha sido concedida por Dios, aun sin cartas de indulgencias.

38. No obstante, la remisión y la participación otorgadas por el Papa no han de menospreciarse en manera alguna, porque, como ya he dicho, constituyen un anuncio de la remisión divina.

39. Es dificilísimo hasta para los teólogos más brillantes, ensalzar al mismo tiempo, ante el pueblo. La prodigalidad de las indulgencias y la verdad de la contrición.

40. La verdadera contrición busca y ama las penas, pero la profusión de las indulgencias relaja y hace que las penas sean odiadas; por lo menos, da ocasión para ello.

41. Las indulgencias apostólicas deben predicarse con cautela para que el pueblo no crea equivocadamente que deban ser preferidas a las demás buenas obras de caridad.

42. Debe enseñarse a los cristianos que no es la intención del Papa, en manera alguna, que la compra de indulgencias se compare con las obras de misericordia.

43. Hay que instruir a los cristianos que aquel que socorre al pobre o ayuda al indigente realiza una obra mayor que si comprase indulgencias.

44. Porque la caridad crece por la obra de caridad y el hombre llega a ser mejor; en cambio, no lo es por las indulgencias sino, a lo más, liberado de la pena.

45. Debe enseñarse a los cristianos que el que ve a un indigente y, sin prestarle atención, da su dinero para comprar indulgencias, lo que obtiene en verdad no son las indulgencias papales, sino la indignación de Dios.

46. Debe enseñarse a los cristianos que, si no son colmados de bienes super-fluos, están obligados a retener lo necesario para su casa y de ningún modo derrocharlo en indulgencias.

47. Debe enseñarse a los cristianos que la compra de indulgencias queda librada a la propia voluntad y no constituye obligación.

48. Se debe enseñar a los cristianos que, al otorgar indulgencias, el Papa tanto más necesita cuanto desea una oración ferviente por su persona, antes que dinero en efectivo.

49. Hay que enseñar a los cristianos que las indulgencias papales son útiles si en ellas no ponen su confianza, pero muy nocivas si, a causa de ellas, pierden el temor de Dios.

50. Debe enseñarse a los cristianos que si el Papa conociera las exacciones de los predicadores de indulgencias, preferiría que la basílica de San Pedro se redujese a cenizas antes que construirla con la piel, la carne y los huesos de sus ovejas.

51. Debe enseñarse a los cristianos que el Papa estaría dispuesto, como es su deber, a dar de su peculio a muchísimos de aquellos a los cuales los prego-neros de indulgencias sonsacaron el dinero aun cuando para ello tuviera que vender la basílica de San Pedro, si fuera menester.

52. Vana es la confianza en la salvación por medio de una carta de indulgen-cias, aunque el comisario y hasta el mismo Papa pusieran su misma alma como prenda.

53. Son enemigos de Cristo y del Papa los que, para predicar indulgencias, ordenan suspender por completo la predicación de la Palabra de Dios en otras iglesias.

54. Oféndese a la Palabra de Dios cuando en un mismo sermón se dedica tanto o más tiempo a las indulgencias que a ella.

55. Ha de ser la intención del Papa que si las indulgencias (que muy poco significan) se celebran con una campana, una procesión y una ceremonia, el evangelio (que es lo más importante) deba predicarse con cien campanas, cien procesiones y cien ceremonias.

56. Los tesoros de la Iglesia, de donde el Papa distribuye las indulgencias, no son ni suficientemente mencionados ni conocidos entre el pueblo de Dios.

57. Que en todo caso no son temporales resulta evidente por el hecho de que muchos de los pregoneros no los derrochan, sino más bien los atesoran.

58. Tampoco son los méritos de Cristo y de los santos, porque estos siempre obran, sin la intervención del Papa, la gracia del hombre interior y la cruz, la muerte y el infierno del hombre exterior.

59. San Lorenzo dijo que los tesoros de la Iglesia eran los pobres, mas hablaba usando el término en el sentido de su época.

60. No hablamos exageradamente si afirmamos que las llaves de la Iglesia (donadas por el mérito de Cristo) constituyen ese tesoro.

61. Está claro, pues, que para la remisión de las penas y de los casos reservados, basta con la sola potestad del Papa.

62. El verdadero tesoro de la Iglesia es el sacrosanto evangelio de la gloria y de la gracia de Dios.

63. Empero este tesoro es, con razón, muy odiado, puesto que hace que los primeros sean postreros.

64. En cambio, el tesoro de las indulgencias, con razón, es sumamente grato, porque hace que los postreros sean primeros.

65. Por ello, los tesoros del evangelio son redes con las cuales en otros tiempos se pescaban a hombres poseedores de bienes.

66. Los tesoros de las indulgencias son redes con las cuales ahora se pescan las riquezas de los hombres.

67. Respecto a las indulgencias que los predicadores pregonan con gracias máximas, se entiende que efectivamente lo son en cuanto proporcionan ganancias.

68. No obstante, son las gracias más pequeñas en comparación con la gracia de Dios y la piedad de la cruz.

69. Los obispos y curas están obligados a admitir con toda reverencia a los comisarios de las indulgencias apostólicas.

70. Pero tienen el deber aun más de vigilar con todos sus ojos y escuchar con todos sus oídos, para que esos hombres no prediquen sus propios ensueños en lugar de lo que el Papa les ha encomendado.

71. Quien habla contra la verdad de las indulgencias apostólicas, sea anatema y maldito.

72. Mas quien se preocupa por los excesos y demasías verbales de los predicadores de indulgencias, sea bendito.

73. Así como el Papa justamente fulmina excomunión contra los que maquinan algo, con cualquier artimaña de venta en perjuicio de las indulgencias.

74. Tanto más trata de condenar a los que bajo el pretexto de las indulgencias, intrigan en perjuicio de la caridad y la verdad.

75. Es un disparate pensar que las indulgencias del Papa sean tan eficaces como para que puedan absolver, para hablar de algo imposible, a un hombre que haya violado a la madre de Dios.

76. Decimos, por el contrario, que las indulgencias papales no pueden borrar el más leve de los pecados veniales, en lo que concierne a la culpa.

77. Afirmar que si San Pedro fuese Papa hoy no podría conceder mayores gracias constituye una blasfemia contra San Pedro y el Papa.

78. Sostenemos, por el contrario, que el actual Papa, como cualquier otro, dispone de mayores gracias, a saber: el evangelio, las virtudes espirituales, los dones de sanidad, etc., como se dice en 1 Corintios 12.

79. Es blasfemia aseverar que la cruz con las armas papales erigida llamativamente equivale a la cruz de Cristo.

80. Tendrán que rendir cuenta los obispos, curas y teólogos al permitir que charlas tales se propongan al pueblo.

81. Esta arbitraria predicación de indulgencias hace que ni siquiera para personas cultas resulte fácil salvar el respeto que se debe al Papa, frente a las calumnias o preguntas indudablemente sutiles de los laicos.

82. Por ejemplo: ¿Por qué el Papa no vacía el purgatorio a causa de la santísima caridad y la muy apremiante necesidad de las almas, lo cual sería la más justa de todas las razones si él redime un número infinito de almas a causa del muy miserable dinero para la construcción de la basílica, lo cual es un motivo completamente insignificante?

83. Del mismo modo: ¿Por qué subsisten las misas y aniversarios por los difuntos y por qué el Papa no devuelve o permite retirar las fundaciones instituidas en beneficio de ellos, puesto que ya no es justo orar por los redimidos?

84. Del mismo modo: ¿Qué es esta nueva piedad de Dios y del Papa, según la cual conceden al impío y enemigo de Dios, por medio del dinero, redimir un alma pía y amiga de Dios, y por qué no la redimen más bien, a causa de la necesidad, por gratuita caridad hacia esa misma alma pía y amada?

85. Del mismo modo: ¿Por qué los cánones penitenciales que de hecho y por el desuso desde hace tiempo están abrogados y muertos como tales, se satisfacen no obstante hasta hoy por la concesión de indulgencias, como si estuviesen en plena vigencia?

86. Del mismo modo: ¿Por qué el Papa, cuya fortuna es hoy más abundante que la de los más opulentos ricos, no construye tan sólo una basílica de San Pedro de su propio dinero, en lugar de hacerlo con el de los pobres creyentes?

87. Del mismo modo: ¿Qué es lo que remite el Papa y qué participación concede a los que por una perfecta contrición tienen ya derecho a una remisión y participación plenarias?

88. Del mismo modo: ¿Qué bien mayor podría hacerse a la Iglesia si el Papa, como lo hace ahora una vez, concediese estas remisiones y participaciones cien veces por día a cualquiera de los creyentes?

89. Dado que el Papa, por medio de sus indulgencias, busca más la salvación de las almas que el dinero, ¿por qué suspende las cartas e indulgencias ya anteriormente concedidas, si son igualmente eficaces?

90. Reprimir estos sagaces argumentos de los laicos sólo por la fuerza, sin desvirtuarlos con razones, significa exponer a la Iglesia y al Papa a la burla de sus enemigos y contribuir a la desdicha de los cristianos.

91. Por tanto, si las indulgencias se predicasen según el espíritu y la intención del Papa, todas esas objeciones se resolverían con facilidad o más bien no existirían.

92. Que se vayan, pues todos aquellos profetas que dicen al pueblo de Cristo: «Paz, paz»; y no hay paz.

93. Que prosperen todos aquellos profetas que dicen al pueblo: «Cruz, cruz» y no hay cruz.

94. Es menester exhortar a los cristianos a que se esfuercen por seguir a Cristo, su cabeza, a través de penas, muertes e infierno.

95. Y a confiar en que entrarán al cielo a través de muchas tribulaciones, antes que por la ilusoria seguridad de la paz.

Acerca del autor

MARIO ESCOBAR GOLDEROS, licenciado en Historia y diplomado en Estudios Avanzados en la especialidad de Historia Moderna, ha escrito numerosos artículos y libros sobre la Inquisición, la Reforma Protestante y las sectas religiosas. Trabaja como director ejecutivo de una ONG y es director de la revista *Nueva historia para el debate*, colaborando como columnista en distintas publicaciones. Apasionado por la historia y sus enigmas ha estudiado en profundidad la historia de la iglesia, los distintos grupos sectarios que han luchado en su seno y el descubrimiento y la colonización de América, especializándose en la vida de personajes heterodoxos españoles y americanos. Para más información acerca de Mario, visitar www.marioescobar.es.

Agradecimientos

Un libro es el resultado de mucho trabajo y esfuerzo. Ese trabajo sería imposible sin la gente que está detrás, animando y apoyando.

Gracias a Larry Downs por apostar por la ficción y por autores hispanos, su pasión nos contagia a todos.

Gracias a Graciela Lelli por interesarse por la historia de Lutero.

Gracias a Claudia Duncan por la ilusión que pone en su trabajo.

Gracias Roberto Rivas, por sus palabras de ánimo.

Gracias a Juan Carlos Martín, por las largas charlas sobre libros y su apoyo.

También quiero agradecer su ayuda a Pedro Martín, un fiel amigo.

Por último, dar las gracias a los lectores que me leen en todas las lenguas a las que se han traducido mis libros, por su fidelidad y cariño.

Un fuerte abrazo,

Mario Escobar

marioescobar@marioescobar.es